がんばらない
練習

pha

幻冬舎

CONTENTS

1 コミュニケーションをがんばらない

2 生活をがんばらない

CONTENTS

3 人生をがんばらない

1

コミュニケーションを
がんばらない

会話がわからない

昔から、人との会話というものが全然わからなかった。

何を話したらいいのか全く見当がつかない。いい年になった今ではわからないなりにその場をしのぐ術をいろいろ覚えたのである程度取り繕えるようになったけれど、十代や二十代前半の頃は本当に会話が全然できなくて、自然に会話ができる（ように見える）普通の人々に対して敵愾心《てきがいしん》を募らせていた。

なんでみんな会話なんていうよくわからないゲームが自然にできるんだろう。あのつまらなさにどうしてみんな耐えられるんだ。そもそも話題というものがわからない。天気の話とかどうでもいいしテレビの話とか全然知らない。世間話って無意味だろ。相手の発言の一つ一つにどういう意図があるのか全く読み取れない。どう応答すれば正解なのか。難易度がベリーハードの早押しクイズ大会だ。なんでみんなそんなに喋《しゃべ》りたいことがあるんだろう。僕は人に対して喋りたいことなんてほとんどないんだけど。僕に対して全く興味ない癖に僕に質問してくるのをやめろ。それに渋々答えると「ノリが悪いね」みたいな目で見るのもやめてくれ。

そもそも人と対面しているというだけで緊張してどうふるまえばいいのかわからなくなるのに、その上会話なんていうルールのわからないゲームをふっかけられたらパニックになるしかない。でも、社会はそれを当たり前のこととして強要してくるのだ。

大学生の頃、愛嬌があってハキハキしていて人に好かれるタイプの後輩に、僕は人と何を喋ったらいいかわからないから社会に出るなんて無理だ、という話をすると、彼はこんなことを言った。

「こないだテレビで鶴瓶さんが『わろてたらええねん』って言ってましたよ」

それを聞いて僕は、そんなんでけへんわ、と思った。全く何もわかってない。そんなの君とか鶴瓶さんみたいなコミュ力があって人に好かれるタイプの人間だから言えるだけだ。僕みたいな暗くて何考えてるかわからない人間がひきつった笑いを浮かべても、「気持ち悪い奴」が「ニヤニヤしてる気持ち悪い奴」になるだけだ。

当時はそんな風に思っていたのだけど、でも今改めて考えてみると、わりと今の自分は「わろてたらええねん」でやっていってるなと思う。鶴瓶さんは正しかった。

その後輩とは大学を出てから連絡を取っていなかったのだけど、その後人づてに聞いた話だと、新卒で入った会社がすごいブラック企業で、激務で心を病んで自殺してしまったらしい。僕だったらどんなに不義理や悪評をまき散らすことになったとしても、そんな会社三日で辞めていただろうのに。愛想が良くて協調性がある彼だからこそ、断りきれずにいろいろ抱え込んでしまったのかもしれない。本当にこの世界は何が正しいのかわからない。

今でも人との会話はよくわからない。でも一つわかったことがあって、それは「世の中の多くの人は自分の話を聞いてもらいたがってる」ということだ。だから、相手が何を話しているのかよくわからなくても、ひたすら相槌《あいづち》を打って聞き役になっていればいいのだ。

相手の言っていることがうまく頭に入ってこなかったとしても、「あー」とか「へー」とか「ほー」とか、「すごいですね」とか「ひどいですね」とか「面白いですね」とかをそれっぽい表情で言っていればなんとかなる。どういう反応をしたらいいかわからないときは、どんな話題にも対応できる「いやー、世の中にはいろんなことがありますね」というフレーズなんかも使える。ただしこれはあまり多用しすぎると相手がバカにされたように感じて不機嫌になったりするけれど。

単純だけどオウム返しも有効だ。

「こないだ見た家、すごく大きかった」

「へー、すごく大きかったんだ」

「びっくりしたよ」

「それはびっくりするよね」

みたいに、相手の言ったことをそのまま繰り返すだけで意外と会話っぽくなるものだ。これは会話の内容を理解していなくても、相手の発言の語尾だけ聞いていればできるので楽だ。全く情報量がないやりとりだけど、そんなことは誰も気にしない。

相槌だけでは会話が止まってしまうときは質問をすればいい。「最近何か面白いことありました？」とか「その後例の件はどうなりました？」とか。みんな自分の話を聞いてもらいたがっているので水を向ければいくらでも話してくれる。

僕は大体の場合会話の内容が理解できないまま勘で適当に相槌を打っているので、多分三回に一回くらいはちょっとずれた回答をしている（もっと多いかもしれない）。こちらが相槌を打ったときの相手の反応が微妙だったりすることでそのことに気づく。

「ひどいですね」と顔をしかめるべき場面でうっかり面白そうに笑い声を上げてしまった。１ミス。相手がもう少し話したがっていたのに流れをぶった切って話題を別の方向に切り替えてしまった。２ミス。

でもそんなときでも、とりあえず穏やかに笑っていれば殴られることはない。受け答えが微妙にずれていても、会話をしようとしているという姿勢は汲んでくれる。

世の中の人たちは大体みんな話を聞いてもらいたがっているものなので、聞き役に回っている限りはそんなに咎《とが》められることはないものだ。たとえ相槌が微妙にずれていても、話したい人は構わず話し続ける。話したい人というのは自分の気持ちを口から発声した時点で八割くらい満足しているので、それを相手が正しく理解しているかどうかなんてのは些細《ささい》な問題なのだ。わろてたらええねん。

三十歳前後から僕はそんな感じで会話を表面上はこなせるようになったので、人間関係はずいぶん広がって、友人や知人が増えた。今も毎日のようにいろんな人に会ってニコニコと話を聞いている。

だけどそれはやっぱり疲れることではある。会話の最中は、わからない内容を推測しようと必死で頭を使い続けているので神経を消耗するのだと思う。会話を続けるのは一時間くらいが限界だ。一時間を超えると頭がぼうっとしてくるし、喋りすぎたせいで口の筋肉や舌が麻痺《まひ》してくる。そうなってきたらそれとなく会話を抜けるようにしている。

多分、自然に会話ができる人というのは、頭を使って考えなくても反射神経で〇・二秒くらいでレスポンスを返すことができる。だけど僕みたいに自然にできない人間は、毎回頭で考えてからじゃないと反応ができないので、どんなに急いでも返答をするのに〇・七秒くらいかかってしまう。

この〇・五秒の差は、わかる人にはすぐわかるのだ。あいつ普通っぽく振る舞おうとしてるけど、なんか違うな、と。どうしても越えられない〇・五秒の壁が今でも、こちら側とあちら側とを隔てている。

服がわからない

昔から服装というものに気を遣うことができない。いつも黒とか紺色の適当なものを着たり、同じ服を何日も着続けたりしてしまう。

世間の人たちがなぜ服に気を遣えるのかがわからない。だって、服って自分から見えないじゃないですか。

一人称視点のゲームというのが最近多い。画面には主人公から見える視界がそのまま映っていて、自分の体で見えるのは武器を持った手くらい、というやつだ。

こういうタイプのゲームだと、自分の服装を変更しても、画面には全く反映されないので面白くない。そして現実だってこの一人称視点のゲームと同じだと思うのだ。鏡という便利アイテムを使えば自分の姿を確認できるのは知ってるけど、別に自分の見た目がそこまで好きなわけでもないのでわざわざ鏡を見るモチベーションがわかない……。

多分これは自分の性格に何かが欠けているせいなのだろう。おそらく他の人はもっと自然に他人ビューを自分の中に取り込んでいる。だから自然に見た目に気を遣える。僕は他人の視点というのがうまく想像できない。他人なんて全部人工知能で自分以外の人間は幻なんじゃないかとときどき思ったりする。

　自分を見る他人というのがうまく実感できないから、僕はいい歳して定職につかずシェアハウスに住んでふらふら暮らすという社会的にはそんなに褒められたものではない生活を平然といつまでも続けていられるのだろう。他人の視点の欠如、それは社会性の欠如だ。社会性がないから僕は適当な服ばかりを着続けてしまうし、寝癖で髪の毛が爆発したままで外に出かけてしまうのだ。

　ただ、見た目には気を遣わない自分だけど、服ですごくこだわるところはある。それは手触りだ。

　僕は硬い服や窮屈な服やざらざらした服がとにかく嫌いだ。服は全部柔らかくてなめらかでふわふわしたものであるべきだと思う。

　それと、体を締め付けるアイテムも極度に苦手だ。僕は昔から肩こりがひどいのだけど、締め付けられている部分があるだけで体のこりがひどくなるような気がするのだ。

　腕に当たっている部分が気になってイライラするので腕時計を付けることもできない。指輪やネックレスも一切ダメ。ベルトも紐《ひも》のある靴も嫌い。ネクタイは全て滅びてほしいと思っている。あんな意味のない布を首からぶら下げて何が楽しいんだ。

　僕が若い頃に一般社会に馴染めないと感じた大きな理由として、スーツ、ネクタイ、ワイシャツ、革靴を身につけるのが本当に嫌いで嫌いで仕方なかったというのがある。

　服装コードがあるというのはまあ必要性がわからなくもないけど、それにしてもなんでよりによってあんな着心地が悪くて硬くて汚れやすくて窮屈なものを着なきゃいけないんだ。窮屈なものを着ることと社会性のあるなしは関係ないだろう。だけど世の中ではそれらを我慢して着用することが一人前の社会人の条件として認められているのだ。ひょっとしたら僕だって、サンダルとジャージが正装だったらもうちょっと普通の社会人をやれていたかもしれないのに。

　もっと遡《さかのぼ》ると、中高生時代に学ランを着なければいけなかったことが自分の中に社会に対する反抗心を育てていたのかもしれないと思う。黒くて硬くて窮屈な学ランは本当に嫌いだった。あの詰め襟が首を締め付ける感じは本当にただの拘束具としか思えない。

　中学のとき、元気のある同級生は丈が短かったり裾が細くなったりしている変形学ランを着て意気がっていたけれど（そして生活指導の先生に怒られていたけれど）、そんなものより僕はもっとゆるくて柔らかくて詰め襟がない変形学ランがほしいと思っていた。もし私服の学校に通っていたら僕の思想も少しは変わっていたのだろうか。

　柔らかくて手触りのよい布は好きだ。綿とアクリルとポリエステル以外の布は存在価値がないと思う。

　精神が落ち着かないとき、お気に入りの布を触ると楽になる。ライナスの毛布みたいに。

鞄の中にはいつも触り心地のいい手ぬぐいを入れてあって、疲れたときや動揺したときはそれで目を覆ったり顔をこすったりすると気分が落ち着く。

自分の部屋の中も布だらけだ。タオル、毛布、ひざかけなど、手触りのよい布を見るとつい買ってしまうからだ。

薄暗くした部屋で「とろける肌触りのマイクロファイバー毛布」や「オーガニックコットン混やわらかバスタオル」や「ポンチョにもなる3WAYブランケット」などの、たくさんの手触りのよい布に埋もれてごろごろ床を転がっていると、至福だなあと思う。

そもそも僕は硬いものが嫌いなのだけど、この世界は硬いものだらけだ。外に出ると道路も壁も駅もみんな硬い。柔らかいものは家の中にしかない。だからついずっと、部屋に引きこもってごろごろと転がりながらだらだらと時間を過ごしてしまう。でもそんなことばかりしているとどんどん筋肉が衰えていって、ますます外に出るのが億劫《おっくう》になってくる。これは良くない。もっと外に出て電車に乗ったり階段をのぼったりしないと。しかし、外は硬いものだらけだからなあ。もうちょっと柔らかかったらいいいんだけど。

すぐに帰りたくなってしまう

すぐに帰りたくなる癖のせいで人生でいろいろと損をしている。

人と会うのは嫌いじゃないし人と話すのも嫌いじゃない。だけど僕は、社交をするエネルギーが一、二時間くらいしかもたないのだ。

エネルギーが切れると帰りたくなってしまうのだけど、世の中の面白いことは大体、始まってから二時間半後くらいから始まるということになっている。早めに帰ってしまうせいで僕はいつも肝心なところを見損ねてしまう。

社交エネルギーが切れると、しばらく一人で静かなところにいないと回復しない。

長時間のイベントや飲み会などだと、トイレに行くふりや電話がかかってきたふりをして会場をこっそりと抜け出して、外を散歩したりする。

知らない街をぶらぶらしたり、コンビニに行ったり、公園でペットボトルの水を飲んだりする。まさかみんな僕がこんなところで一人を満喫しているとは思うまい、と考えると少し楽しくなる。飲み会を抜け出して、一人で道端に座りこんで眺める夜の繁華街の様子は美しい。

僕がずっとシェアハウスに住んでいるのも、すぐに帰りたくなるという性質のせいというのがある。

シェアハウスだと、そこで飲み会があったり人と会ったりしていても、疲れたらすぐに自分の部屋に帰って休むことができる。そして気力が回復したら、またすぐに会に復帰できる。飲み会の途中で自分の布団で眠ることだってできるし、風呂に入ったりすることさえできるのだ。

外での飲み会だとこうは行かない。帰るというのは、全てが終わることを意味している。大勢が集まる場だったら抜け出しやすいのだけど、どうにもならないのが一対一で人と会う場合だ。これはどうしても自分だけ抜け出すということができない。それは終わりを意味する。

特に困るのが気になる異性と会ったりする場合だ。これは必然的に一対一になってしまう。これも大体本当に楽しいことは二時間半後くらいから始まると決まっているのだけど、僕はそこに至るまでに社交エネルギーや思考能力を使い果たしてへろへろになってしまっていて、つい「帰る」という選択肢を選んでしまう。

あのとき帰らなければもっといいことがあったはずなのに、という夜が人生で三つくらいあるのだけど、詳細に思い出すと悔しくて変な声が出てくるのでやめる。

昔、京都に住んでいた頃、ちょっとしたきっかけで、自分と同じアパートに住んでいる女性と親しく話すようになったことがあった。

あるとき彼女の部屋に遊びに行ったのだけど、十五分ほど話していると、緊張していたのもあって疲れて帰りたくなってしまい、「じゃあまた」と言って、僕は自分の部屋に帰ってしまった。

布団で寝転がって、はー疲れたー、としばらく休んでいると、少し気力が回復してきて、やっぱりもうちょっと帰らなくてもよかったのではないか、と思い直して、「ごめん、もうちょっといい?」と言って、僕はまた彼女の部屋に行った。

でもまたしばらくすると疲れてきて、もう限界だ、もう十分だ、と思って帰ってしまった。そしてまたしばらく自分の部屋で寝て休むと、やっぱりまだ話せてないことがあったような気がしてきて、また彼女の部屋に行ってしまった。

三度目に行ったときにはさすがに彼女も、また来たの、という感じであきれていた。だけど僕は三度目でやっと、「ちょっと抱きしめさせてもらえませんか」ということを言えたのだった。彼女は、「もっと早く言えばいいのに」と言った。

早く着きすぎてしまう

待ち合わせをするたびに言われることがある。

「あれ、こんなに早く来るとは思いませんでした」

それは僕が普段から、「だるい」とか「面倒臭い」とか「外出たくない」とかしょっちゅう言っているからだと思う。予定に遅れてきたり、突然ドタキャンしたり来なくなるというのも普通にある、みたいなイメージなのだろう。

実際は逆なのだ。予定があると僕はまず遅れない。それどころか早めに着きすぎてしまうことが多い。

予定が入っていると、前日からちゃんと時間を確認して、どの電車に乗れば良いかも乗換案内で検索してスケジュールに登録しておく。そうやっておかないと不安で怖くなってしまう。

そして当日は、予定が入っていると朝からずっとその日は落ち着かない。何をしていても「何時には出ないといけないな……」ということを考えてしまう。予定を忘れないように、家を出る時間の三十分前にアラームを鳴らすようにしているのだけど、アラームを鳴らさなくても一時間前くらいからずっとそわそわしてしまうので、アラームは結局不要であることが多い。そして出なきゃいけない時間の三十分前には既に出かける準備が整ってしまい、そうなってしまうとなんだか家にいても何も手につかなくて、結局早めに家を出てしまうことになる。

途中でコンビニに寄ったり本屋に寄ったりしたくなるかもしれないから時間に余裕を持って出るのはいいことだ、とか思うのだけど、寄り道をしても落ち着かなくてそんなに時間を潰せなくて、待ち合わせの三十分前くらいに到着してしまうことが多い。カフェとかだったら早めに入って待っていてもよいけれど、家や会社を訪問する場合はあんまり早く着きすぎるのも迷惑だよなと思って、しかしカフェなどに入って潰すのには微妙な時間だったりして、意味もなくそのあたりをしばらく歩き回ったりする。

こんな風に、予定があると過剰に事前に意識しすぎてしまって疲れてしまうから、「予定は苦手」とか「出かけたくない」とか言って、できるだけ予定を入れないようにしている。予定が守れないから苦手なのではなく、予定を守りすぎてしまうので苦手なのだ。

それは働くことなどについても同じかもしれない。僕が「会社に勤めるのは苦手だ」とか言うと、「会社員は楽ですよ」とか「適当にやればいいんですよ」とか言う人がいるけれど、多分その「適当」が苦手なのだ。何かをしなきゃいけないという立場になると、

い。

「きっちりやらなければいけない」と一人で勝手に気に病んで、過剰にがんばりすぎてしまうのだ。それが僕の癖なのだ。なんかもうちょっと融通が利かないものかと思うのだけど。

予定に早く着きすぎるなんて、やる気満々みたいで恥ずかしい。遅れていくほうがカッコイイと思う。もっと全てがどうでもよくて、何でも渋々やっているみたいな態度でいたい。

こないだも、渋谷で知らない人ばかりの飲み会があったのだけど、またいつもの癖で三十分くらい前に着いてしまった。そんなアウェイな会合で早く着きすぎてしまいたくない。それに遅れていったほうが僕の世間的なイメージに合っていていいよな。しかたないので街を歩き回っていたのだけど、渋谷の街はどこに行っても人が多くて落ち着かなくて、別に見たくもない服屋に入って服を見たりして、なんとなく衝動的に短パンを買ってしまったのだけど、あとで家に帰って穿《は》いてみると生地が薄っぺらくてすぐ破れそうであまり好きな感じじゃなかった。時間があるようでないような、判断力が落ちているときに焦って買い物をするとそんな風になる。

服屋で服を買い、本屋で本を見て、あとは全く目的地とは違うエリアまで歩いて行ったり、わざと知らない道に入って道に迷ってみたり、自販機で水を買って道端に座りこんでスマホでネットを見たり、などをしているうちになんとか時間は無駄に過ぎて、予定の二十分遅れくらいで着くことができた。居酒屋に着くともう僕以外は全員揃《そろ》っている。

「おお、道迷いませんでしたか」

「今日はお忙しいところすみません」

「来ないかと思いましたよ」

「ちゃんと着けてよかった」

などと集まっている人たちが親切に声をかけてくれる。

別に忙しいわけでもなく道に迷ったわけでもなく、ただ早く着きすぎてしまうけど早く着きすぎるのが嫌だという自分のわけのわからない内面が悪いんだよな。本当に申し訳ない。別に着いてみればみんないい人で居心地の悪い場所ではなかったりするのに、何をやってるんだろう。そんなことを考えながら、僕は曖昧《あいまい》に微笑《ほほえ》んで、「遅れてすみません」などと言うのだ。

つい人に合わせてしまう

僕は大阪出身なのだけど、普段はあまり関西弁を使わない。

そんな風になったのは大学時代だ。関西の大学だったのだけど、周りの人間は関西人以外が多かったので、そのときにいつの間にか標準語のアクセントで話すやり方を覚えてしまった。今は標準語を話す人が相手だと標準語で話すし、関西弁の人と話すときは関西弁で話すことが多い。

関西人は関西以外の土地に行ってもずっと関西弁を通す人が多い。僕みたいに中途半端に関西弁を話したり話さなかったりするやつは、関西ネイティブの人には結構気持ち悪がられたりする。関西人は中途半端な関西弁を一番嫌う。僕自身も、高校生のときまでは当たり前のように関西弁を話していて、「標準語ってなんかドラマみたいで恥ずいわ。標準語話すやつとは絶対友達になられへんな」とか思っていたのだけど。実際は全然そんなことはなかった。

どうも自分は周りの影響を受けやすい気がする。言葉だけじゃなくていろんな面でそれを感じる。

例えば一人だとあまりお酒を飲まないけれど、相手が飲むと自分も飲みたくなる。一人だとそんなに美味しくないんだけど、お酒が好きな人と一緒だと美味しいって思う。タバコも普段はあまり吸わないけれど、相手が吸っていると吸いたくなる。アニメとかも一人だと見ても楽しくないので全然見ないけれど、誰かが見ていると一緒に見て楽しめたりする。

良く言えば人に合わせる力があるし、悪く言えば自分自身がないということだろう。ただ、体力がなくて人に合わせるのは短時間しかできないから、会社で働いたりするのは苦手なのだけど。

人の話を聞いていても、よっぽど自分の意見とかけ離れている場合以外は、大体何でも「そうだね」って同意してしまう。

ある人と、

「Aという店いいよね」

「あー、いいよね」

と話したあと、別の人と、

「Aって店いまいちじゃない？」

「あー、そんなに良くはないよね」

みたいな話をしたりしてしまう。

別に嘘をついてるわけじゃないけど、相手の話を聞いていると、この人がそう言うのならそういう面もあるのだろう、という気分になってしまうのだ。

世の中の人の意見で、百%正しい意見とか百%間違っている意見というものはあまりない。それぞれある程度の理があったり、どっちもどっちだったりする。だからわざわざ相手の言うことを否定する気になれないし、相手を否定してまで主張したい意見もない。相手の言うことを否定して議論になるとたくさん話さないといけないから面倒臭いだけかもしれないけれど。

そしてそういう会話をするときに、つい関西弁が便利だから使ってしまうというのがある。

関西弁には、相手の意見を曖昧に、そして無責任に肯定するのに便利な言い回しが多いと思う。

「せやな」

とか、

「ええんちゃう」

とか、

「多分そうなんちゃう、知らんけど」

とか。

「せやな」は「そうだよね」と同じ意味で、「ええんちゃう」は「いいんじゃない」と同じ意味だけど、どちらも標準語より関西弁のほうが二割くらい無責任なニュアンスが強いと思う。

「知らんけど」って何だよ、知らんのなら言うなよ、って思うけど、関西人はこれをよく使う。「多分そうなんちゃう、知らんけど」って冷静に見ると何の情報量もないよな。

そんな風に、普段は標準語を使いつつ都合のいいときだけ曖昧な関西弁を使うことで、ますます僕は関西人からも関西人以外からもいい加減なことばかり言ってるうさんくさいやつだと思われていくのかもしれないけど、まあええんちゃうかな。知らんけど。

居酒屋が怖い

昔からアンコールを待つ時間が苦手だ。あの、ライブで一通りの演奏が終わって演者たちが退場したあと、会場にあふれていた拍手の音がそのうち自然と揃ってきてリズムを取るようになり、バッ、バッ、バッ、バッ、バッ、とアンコールが始まるまで手を叩《たた》き続けるというやつだ。

何が苦手かというと、アンコールに何をやるかは最初から用意されているにもかかわらず、「本当はここで演奏は終わりなのだけど、観客の皆さんが盛り上がってくれたからリクエストに応えて特別に何かおまけをやりますね」という形式を取っているところだ。あらかじめ結果が決まっているのに形式的なやりとりをしなきゃいけないということに何か恥ずかしさと無駄さを感じてしまう。アンコールを用意していたのに観客が誰も手を叩かなかったらどうなるんだろう、とか想像してしまうのだけど、一度もそんな風になったことはない。結局、一人だけ手を叩いてないのも落ち着かないし、自分もアンコールを見たい気持ちはあるので、自分も手を叩いてしまうのだけど。手が痛くならない程度に柔らかく。

社会の中では、同じような苦手さを感じることがたくさんある。結論は決まっているのに何か形式的な手続きを取らないといけないというシチュエーションが。例えば店で食事をしたときに、ここは多分相手がお金を出してくれる感じなのがわかっているのだけど、自分でも一応財布を出して払う素振りを見せたほうがいいのか、とか。ときどき、ひょっとしてこれは、あれをやらないといけないのか、と思って戦慄《せんりつ》してしまう。レジの前で伝票を奪い合いながら「ここは私が」「いやここは私が」「いやいや」「いやいやいや」「まあまあまあ」「まあまあまあまあ」という茶番を。社会は恐ろしい。

そうした形式的なやりとりが何かを緩和しているのだということはわからなくはない。その形式を身につけている人にとっては、形式があったほうがないよりも人付き合いがやりやすいというのがあるのだろう。だけどその形式にうまく乗れない人間にとっては、こいつの振る舞いは変だと嘲笑されないだろうか、という恐怖がのしかかってくる。

他には、居酒屋でどの席に座ったらよいのかもよくわからない。上座とか下座とかを気にするべきなのか、それともざっくばらんな席でそんなことを気にする方が変なのか。

居酒屋では料理を取り分けるべきなのかどうかも難しい問題だ。基本的には各自勝手に食べたい人が取ればいいいと思うのだけど、そう思って何もしないでぼーっとしていると、気が利く女子とかが取り分け始めて、何もせずに座っている自分が女性にばかりそういうのをやらせる差別主義者みたいになってしまうから、いっそのこと率先して自分が取り分けたほうがいいのかと思ったりもするけれど、でもそれも面倒臭い。

　居酒屋で瓶ビールを頼んだとき、お酌をし合うというのをやったほうがいいのかどうかもわからなくなってつらいから、生ビールのほうがいい。ていうかそもそも瓶ビールと生ビールの味の違いもよくわかっていない。なんで瓶と生と両方あるんだろう。面倒臭い。なんか居酒屋の話ばっかりだな。居酒屋が全部悪い気がしてきた。居酒屋を全部潰せば解決するのではないだろうか。

　ちゃんとした社会人はみんな、居酒屋での席の座り方とか、お酌をするタイミングとか、お酌をするときはラベルを上に向けるとかどうするとか、瓶ビールと生ビールの味の違いとか、日本酒の醸造方法による味の違いとか、そういうのを全部わかっているのだろうか。僕はよくわからないのでずっと公園で缶ビールを飲んでいたい……。

不意打ちが怖い

ウィトゲンシュタインという哲学者がいる。「二十世紀最大の言語哲学者」だとか「哲学を終わらせた男」だとか言われている凄い人らしいのだけど、僕はウィトゲンシュタインの思想について何も理解していない。昔本を読んでみようとしたことはあったけど、全くついていけずにやめてしまった。

だけどウィトゲンシュタインに関する本の中で唯一印象に残っている一節がある。どういう文脈なのか忘れてしまったけれど、それは「ウィトゲンシュタインは不意打ちを極端に恐れた」というものだ。なぜかと言うと僕もそうだからだ。何かが突然やってくることに異常に恐怖を覚えてしまう。二十世紀の偉大な哲学者ウィトゲンシュタインは不意打ちを恐れた。そして同じく、二十一世紀の怠惰な凡人phaも不意打ちを恐れた。

突然通知音が鳴るととても精神が消耗するので、スマホの通知はできるだけ切るようにしている。やたらと通知を送ってこようとするアプリのことは心底憎んでいる。さすがにメールやＬＩＮＥなどは通知が来るようにしているけれど、いきなりだと読む気力がないことが多く、しばらく時間を置いて呼吸を整えて気を練ってから読むようにしている。

スマホの機能で一番嫌なのは電話だ。不意に電話をかけてくる奴は全員敵だ。最近僕の番号がどこかから流出したのか「節税のために不動産を買いませんか」みたいな電話が無闇にかかってくるようになったのだけど、知らない番号から電話がかかったというだけでも苛ついているのに、何か重要な用事かもしれないと思って我慢して出てみたら声が無闇にでかい不動産の営業だったりするので、死ね、と思っていきなり切ってしまう。お前が俺の時間に割り込む権利をいつ誰が与えたというんだ。もう知らない番号からの電話は出ないことにした。

昼間に家にいると突然やってくる訪問販売や宗教の勧誘も同じように敵視している。不意にドアチャイムの音が鳴るたびに心臓がバクッとして寿命が十分くらいずつ減っている気がするのに、気力を振り絞って応対すると相手が自分の人生にとって全く不必要な人間だったときの苛立ちときたらない。全員廃業してほしい。

一人で歩いているときに不意に知り合いに会うのも苦手だ。別に何もやましいことはないのだけど、つい反射的に避けたり隠れたりしてしまう。人と会うためには事前に精神を統一して人と会う用の自分を作り上げないとうまく会えない。

思うに僕は、自分の中の流れを中断されるのがすごくストレスなのだ。一人でいるときは大体いつもぼーっと何かを考えていて、別に大したことは考えてないのだけど、その流れを断ち切られると自分の中で悠々と泳いでいた魚を不意にすくいあげられたような気分になってしまう。

話しかけられるのが苦手なせいで、自分が他人に話しかけるのも苦手だ。他人の中の流れを中断してしまうのが怖い。いや、自分以外の他人は自分ほどは不意打ちを恐れてないらしいということはわかっているのだけど、うまく間がつかめないのだ。

道でたまたま知り合いを見かけたときなんかも声をかけていいかどうかわからなくて悩む。複数人で会話しているときなども、人の話に割り込むのが苦手なので、自分が喋っていいタイミングをうまくつかめずに聞いてばかりになってしまったりする。

居酒屋とかで店員さんに注文をするのも苦手だ。どのタイミングで声をかけたらいいかがよくわからない。

飲み物を追加したいけど、今は別のことをやってるみたいだからそれが一段落してから声をかけよう。作業の途中で声をかけられるといっぱいいっぱいになってしまうからな。あ、キッチンから料理が出てきたからとりあえずあれを運ぶのが優先だな。それを出し終わって帰るタイミングで声をかけようか。そんなことを考えてずっと様子を伺っていると、全くそんなことを考慮していない他のお客さんが「すいませーん」と大きな声を出して、店員さんは「はーい、ただいまー！」とそちらのほうに先に行ってしまう。難しい。ウィトゲンシュタインもこんな風に居酒屋で注文するのが苦手だったのだろうか。

今から何されるんだろう

「はい、力を抜いて大丈夫です。楽にしてください。飲めそうだったら水分補給にジュースも飲んでくださいね」

白を基調とした大きな部屋の中に、僕と同じようにベッドに横になったまま腕に針を刺されている人がたくさんいる。

ときどき暇なとき、こんな風に献血に来る。献血ルームでは、一切何もしなくてもいい、というのが良い。

血管さえ提供すれば、寝転がってテレビを見ながらジュースを飲んでいるだけで、感謝されて丁寧に扱ってもらえる。そんな場所は他にない。

献血のように、ぼーっとしながら、ただされるがままになっているのが好きだ。献血以外にも、歯医者、散髪屋、整骨院などに行くときに同じような気持ちになる。

そして、整骨院で「もうちょっとそこ強く揉んでほしい」と思ったり、散髪屋で「ちょっと思ってたのと違う風に切られた」と思ったりしても、大体の場合それを口にせずにそのままにしてしまう。

自分が何か意見を口にすると、自分にも責任の一端が来てしまう、という気持ちがある。自分で選択をしたくない。何も選ばなければ、何か悪い結果になったとしても自分は無責任な被害者でいられる。自分は何も悪くないのに、どうしてこうなったんだ、と言っていられる。

ひたすら受け身で何もせずに、今から何されるんだろう、と思っているのが好きなのだと思う。

もし僕が誰かに殺されるとしたら、殺される瞬間も、え、ひょっとして殺されるのかな、いや、まさか殺されはしないだろう、でも殺されたとしても自分は悪くない、そんなことをするやつのほうが悪いんだ、あっ、とか思いながら殺されるのかもしれない。鳥や魚のように無抵抗なままで。

何も決めたくない。自分に選択権や決定権を与えられるとどうしたらいいかわからなくなる。

スクリーンを眺めるように、ひたすら世界とは関係ない観察者でいたい。誰かに全部決めてほしい。

そして、自分は何も悪くないのに、全部だめになってしまった、全てが壊れてしまった、どうしてこうなったんだ、と一人でぼやき続けていたい。甚《はなは》だ無責任なことだけど。

　でも、ひたすらずっと流されるままに人の言うことを聞いて何でもやっていけるほど、自分は殊勝な人間でも協調性のある人間でもなかったりする。

　受動的にぼーっと全てを眺めていたい性質と、人の言うことを聞かずに自分の好きなようにしたいという性質が自分の中に両方ある。そしてその二つがときどきぶつかって、痙《けい》攣《れん》のように唐突な行動を取ってしまう。

　他人から見ると、おとなしく人の言う通りにしていたかと思うと、なぜか突然脈絡のない行動を取り出すという感じで、全く理解不能だろう。

　本当は、自分はこれがしたい、とか、これはちょっと嫌だ、ということを、ちゃんと前もって説明するべきなのだ。

　主体的に選択をするということが苦手だけど、選択をしないということはそもそも不可能だ。何かを選ばないというのも結局、何も選ばないということを選んでいるに過ぎないのだから。

　今度はちゃんと自分のしたいことを伝えよう。そんな風にときどき決意することもあるのだけど、でもそういった場面になるとやっぱり場の雰囲気に飲まれてしまって何も言えなくて、そんなことを繰り返しているうちにいつしか人生が終わってしまって、それでもまあ、いろいろあったけどいい人生だったな、と思うのかもしれない。

あのときああしておけばよかった、と死ぬ間際に後悔しそうなことは、今のところあまりない。大体のことはなるべくようになったような気がする。

ときどき頭の中がワーッとなる

飲み会などで人と長く喋ったあとは、しばらく外を一人で歩くことにしている。ひと駅分かふた駅分くらい、意味もなく歩いてから電車に乗る。そうしないと、ざわついた頭の中が静かにならないからだ。

居酒屋の店内、壁一面に貼られたメニュー、店員が注文を取る声、いろんな人たちが話すさまざまな話を聞きながら初対面で名前もあやふやな人たちの顔と名前をなんとか覚えようとしていると、隣のテーブルから聞こえてくるジョッキとジョッキがぶつかる音、ネクタイをゆるめるワイシャツの男たち。

そうした場は楽しいといえば楽しいのだけど、受け取る情報が過剰すぎて、しばらくいると神経が疲れてしまって、頭の中がごちゃごちゃして落ち着かなくなってきてしまう。そんなときに神経をなだめるのには、歩くのがいい。

昔はそんな風になったときどうしたらいいかわからなくてすぐにパニックになってしまっていたけど、今は対処法をいろいろ覚えた。

まず歩く。何も考えず十五分ほど手足を動かしていると少しずつ頭の中が落ち着いてくる。

水を飲むのも有効だ。外に出るときはいつもお守りのようにペットボトルの水を持っている。時間があれば風呂に入ると一番いい。都心部で用事が二つあるとき、二時間くらい時間が空いていると僕はすぐスパやサウナに行ってしまうのだけど、それはそうやって精神を回復させないと連続で人に会うのは疲れるからだ。

お気に入りの布で顔をこすったり覆ったりするのもいい。いつも鞄の中には折りたたんだ手ぬぐいを入れている。家にいるときなら、毛布やタオルにくるまってひたすら静かに丸くなっている。

あとは歌だ。好きな曲を聴くのもいいし、自分で小さく歌ってみるのもいい。中島みゆきの歌詞で、どんなに強い雨の中でも自分の歌だけは聞こえるから、誰にも歌ってもらえないのなら自分で歌えばいいのだ、というのがあるのだけど、それを見習ってその通りにしている。

若い頃は、なぜ自分は人に会っているとすぐに疲れてしまうのか、どうして他の人がやっているようにうまく人とコミュニケーションし続けることができないのか、ということでずいぶん悩んでいた。

そのうち、世の中には自分のように、人と話したり騒々しい場所にいるとすぐに頭の中がワーッとなってパニックになってしまう人間と、ずっと人といても全然ワーッとならない人間がいるということに気づいた。

ワーッとならない人間は、一日中人と喋り続けていても疲れない。むしろ喋っていると回復したりする。一人でいる時間を特に必要としない。毎日飲み会に行ったりしても平気だ。休日のときくらい一人で過ごそうという発想がない。

別にどちらが優れているというわけじゃない。それぞれの向き不向きに過ぎない。だけど、ワーッとなってしまう側の人間の自分が、ワーッとならない人間の基準に合わせて生きるのはやめよう、と思った。それが会社員を辞めた理由の一つだった。

都会はどこに行っても情報が多く、音と光が溢《あふ》れている。

絶えず通り過ぎていく自動車、常にどこかで行われている工事の音、点滅する信号機、二十四時間光り続けるコンビニと自動販売機、飲み屋やスーパーだって二十四時間開いていたりする。電車の中のアナウンスはいつも半分くらいしか聞き取れない。駅に飲み込まれては吐き出されてくる大量の人、活気のある商店街、どこか遠くから観光に来たキャリーバッグを引きずる人たち、新しくできたばかりのレストランの従業員がまたチラシを配っている。こんなところにいつの間にかホテルができたのか。

本当に静けさを求めるならもっと田舎に住んだほうがいいのかもしれない。だけどそれはそれで寂しいしうまくいかないんだよな。しばらくはまだ、この都会で生きていくしかないなと思う。こまめに水を飲み、ときどき布をかぶり、一人で歌を歌ったりしながら、なんとか。

2

生活を
がんばらない

話しかけてくる奴は全部敵

最近すごく精神的に不調で、何も楽しいことが思いつかず全てが行き詰まっていてうまく行かない気がする。

家にいると気が滅入るばかりなので外に出たのだけれど、空はこんなにスカッと気持ちよく晴れ渡ってるにもかかわらずなぜ自分の精神はこんなに沈んでいるのだろうとネガティブな気持ちになるばかりだった。

些細な物音や人の話し声にすぐ苛ついてしまうし、誰にも会いたくないしどこにも行きたくない。でも家にはいたくない。そんなときは特にあてもなく繁華街の中をふらふら歩いたりするのだけど、そんなときに限ってすごくつまらない人に話しかけられたりしてしまうのだ。

アメ横の近くで若い女性に、

「すみません、ちょっといいですか」

と話しかけられた瞬間は、ひょっとしたら道を訊かれるだけかもしれないからちゃんと愛想よく対応した。

道を訊かれるのは好きだ。

「三井記念病院はどちらかわかりますか」

「あー、ここをまっすぐ行ったら右側にありますね」

「ありがとうございます！」

みたいなやつ。自分にとってはすごく簡単なQ＆Aに答えるだけで誰かにすごく感謝されることができる。もし答えられなくても、役に立てずすみません、うまく見つかるといいですね、何もできませんが応援してます、という顔をしていればいい。

だけどその女性は、

「このあたりにはよく来られますか？」

と訊いてきたので、

「ああ、はい、よく来ます」

と答えたら、

「今ちょっと二分で終わる簡単なアンケートをしてるんですけど」

みたいなどうでもいいことを喋り始めたので、途端に自分の表情筋が硬くなる。

女性はずっと笑顔を浮かべているが、どこかぎこちなく、常に目が泳いでいる。ちゃんとした調査なら最初に自分の会社などを名乗るものだけど、いくら経っても所属を名乗らないのが怪しさに拍車をかける。足を止めて損した。再び歩き始めるタイミングを探り始める。

「いま『住みたい街ランキング』というのを調べてるんですけど」

と女性が話し始めたところで会話を手でさえぎって、無表情で「いいです」と言って、歩き始めた。追いかけてきたらうざいな、と思ったけれど、それ以上追いかけてはこなかった。

少し離れたところまで移動してから、「住みたい街ランキング　街頭　アンケート」というワードで検索して調べてみたら、どうやらデート商法みたいなものだったらしい。

そういえばおととい、秋葉原の駅前で用もなく座ってぼんやりと行き交う人々を眺めていたら、

「すみません、今お仕事中ですか？」

と若い女性が話しかけてきた。

仕事中に見えるかこの格好が？　と思いつつ、

「はい」

と答えたら、

「あ……すみません……そんな風には見えなかったので……」

と謝りながら去っていった。

　街頭アンケート、絵画の販売、キャバクラのキャッチ、不動産の営業電話、宗教の訪問勧誘など、いきなり話しかけてくる人を無表情で断るのは得意だ。なぜならそういう奴は全員敵だと思っているからだ。

　こちらにとって何のメリットもないにもかかわらず、こちらの時間と会話エネルギーを強制的に奪い取っていく。そうした行為は全て攻撃と見なすし、敵以外の何者でもない。電話だったら相手が話している途中でもいきなり切るし、玄関に訪問してきた場合は即座にドアを閉めてしまう。

　だけど、そんな風に冷たく遮断したあとで、自分はひょっとして冷たすぎるのかもしれない、と思ったりもする。

　多分、世の中の多くの人は、断るとしてももうちょっとソフトに断るんじゃないだろうか。僕みたいにちょっと会話しただけで「会話エネルギーを奪われた」とか「敵だ」とか思わないいんじゃないか。

　世の中の人みんなが僕みたいな冷酷な対応をするなら、街頭で声をかけるなんていう勧誘方法はとっくに滅んでいるような気がする。

　ちょっと話しかけられたぐらいで蔑むような目で相手を見てはいけないのかもしれない。自分には人として大事な共感能力が欠けているのかもしれない。だから誰ともうまくやっていけないのだ。そんなことを考えて、ただでさえ落ち込んでいる気持ちがさらに落ち込んでしまう。やっぱり街に出るとロクなことがない。

駅前には大きな買い物袋を持った帰るべき場所を持つ人たちがごった返していて、その人ごみの中をすり抜けながらあてもなくよろよろと歩く。自分は一体どこに行けばいいのだろうか。

夜中にコンビニに行く

目を覚ますと既に十四時を過ぎていて、頭が重い。本当は十時くらいに一旦目を覚ましたのだけど、寝足りないと思ってもう一度薬を飲んで寝てしまった。

会社に勤めたりしているわけじゃないから別に朝起きて夜寝る必要はないんだけど、それでもやっぱり起きて数時間で日が沈んでくると気が滅入るものがある。だけどしかたない。最近なんだか精神状態が悪くてどん底の気分なのだ。何もかもうまくいかなくて今までやってきたことが全て間違っていたような気がする。人に会いたくない。みんな別に自分に害意があるわけじゃないのはわかっているのだけど、コミュニケーションが理由なく怖い。人の声を聞いたり物音を聞くだけで精神に響く。結構きてるな。そんなときは意図的に生活リズムを夜型にするようにしている。そうするとなんだかちょっと気分がマシになる。調子の悪さを生活リズムを崩すことで受け止めているというか、車が衝突した際にあえて外殻が壊れることで衝撃を吸収して中の人間を守るように、壊れてもいい部分をある程度壊すことによって本当に大事な部分を守るのだ。

何もやる気がしないので部屋で寝そべりながらひたすらネットを見たり漫画を読んだりする。そんなに面白いわけでもないのだけど疲れているときはそういうことしかできない。起きて数時間はそんな感じで頭がぼんやりしたまま過ごして、ちょっとお腹が空いたな、と思ったらコンビニに行ってパンとかを買ってきて、部屋で自堕落な姿勢のまま食べて、お腹が満ちたらいつの間にか眠ってしまう。再び目を覚ますと夜はすっかり更けていてどこにも行くところがない。そんな生活をもう五日くらい続けている。

夜は街が静かだし人からの連絡も来ないのでいいのだけど、部屋にずっといると閉塞感でつらくなる。だけど遠くに行く体力はないので、結局近所を軽く散歩してコンビニに行くくらいだ。

コンビニは二十四時間いつでも自分を受け入れてくれる。そんな場所は街で公園とコンビニしかない。二十四時間開いているスーパーもあるけれど、スーパーはきちんと生活をする人のための場所だという感じがある。コンビニはなんか、自分みたいなダメ人間が用もなく入ってもいいような気がする。

コンビニに入るとまず雑誌コーナーを見る。雑誌なんてほとんど買わないのだけど、いろんな雑誌の表紙が並んでいるのを見るとちょっと気分が落ち着く。他にも、壁に貼られているライブのチケットの情報や、アニメのグッズが当たるくじや、あまり美味しくなさそうなカップラーメンの新商品など、自分は絶対どれも買わないのだけど、そういうのが並んでいるのを見るとそこから何か最新の文化や情報に繋がっているような感じがして少し寂しくない感じがする。自分からわざわざ摂取しないような情報の広がりを目にするのが良いのだろうか。

なんとなく漫画雑誌を手にとって軽く立ち読みをする。今日は月曜だからいろいろ出ているな。長い間会社勤めをしていない自分が曜日感覚を失わないでいるのは漫画雑誌の発売曜日をいつも気にしているからだ。

最寄りのコンビニには一日一回は行っているので、もう棚の配置も並んでいる商品も大体覚えていて目をつむっていても歩けそうな感じがするのだけど、それでも自分が見ている部分は限られているのだろう。商品の棚を注意深く見てみると、よくわからない味のグミとかカニみその缶詰とか冷凍のエビチリとか、自分が一度も買ったことがない商品がたくさんある。ＰＯＳシステムによって綿密に商品管理がされた現代のコンビニでは売れない商品はすぐに棚から排除されてしまうだろうから、ずっと棚に並んでいる商品は誰かが定期的にそれを買っているはずだ。このコンビニの商圏の中の、自分のすぐ近所に住んでいる人が。そう思うと、コンビニの棚を見ているだけで人間の多様性を思い知らされる。

プリンやポテトチップスなど、適当に飲み物や食べ物をカゴに入れてレジに向かう。調子の悪いときはコンビニで好きなものを買いまくるに限る。

もともと苦手なのだけど、精神的に調子が悪いときは特に、発声をしたり人の声を聞いたりすることが怖くなる。いつもはコンビニで会計をするときは大体電子マネーで払うのだけど、「Suicaでお願いします」などと言うのもつらいときは千円札を無言で差し出す。「ポイントカードをお持ちですか」とか言われるけれど首を振る。この資本主義社会ではどいつもこいつもみんなポイントカードを作らせようとしてくるけれど、ポイントが買った金額の五%くらい付くのならまだ考えるけど、一%くらいのポイントのために財布の中の限られたスペースを毎日使うわけでもないプラスチックのカードに分け与えてやる気にはならない。空間はタダじゃないのだ。引きつった笑顔を浮かべながらレシートとお釣りを受け取って外に出る。

どこに行くあてもないのだけどあの閉塞した部屋には帰りたくない。帰っても別にやることがないし、まだ眠くないし朝も来ない。公園にでも行って、ベンチに座って飲み物を飲みながらちょっとぼーっとしてから、そのあとまた別のコンビニに行ってみようか。あっちの店には自分の気分を晴らしてくれるちょっと素敵な何かが売っているかもしれない。

夜の闇に生活感を隠された静かな住宅地の中で、ところどころにあるコンビニだけが白く光って浮かび上がっている。その光から光へと、今夜もふらふらとさまよい歩く。

からあげばかり食べてしまう

なんだか最近ちょっと精神的に不安定になっていて、それはあまりの猛暑で冷房の効いた部屋にひきこもり続けていたからかもしれないのだけど、そんなときつい自分は揚げ物ばかり食べてしまう癖がある。揚げ物を食べると落ち着くとか元気になるという思い込みが自分の中にあるらしい。本当に効いているのかはよくわからないのだけど。

緊張したときなんかもそうだ。例えば何か人前で喋るイベントがあるとき、やばい、怖い、こんなテンションでは何も喋れない、もっとシャキッとしなきゃとか焦って、開演前に会場の近くのコンビニに寄って、鶏の揚げたのを買って、コンビニの前で立ったまま一気にむしゃむしゃと食べてしまう。そうするとちょっと落ち着くような気がする。そして唇を揚げ物の油でテカテカさせたまま会場に向かうのだ。

食事に何も食べたいものが思いつかないときも、ついカツ丼なんかを食べてしまう。食欲がなくても揚げ物なら食べられるような気がする。近所のかつやは行くたびに百円引きのクーポン券をくれるので、しょっちゅう行っていると毎回百円引きで食べられるからお得だ、行けば行くほど得をする、とか思ってしまって行くのだけど、食べたあとに胃がもたれて後悔することも多い。

揚げ物以外では、精神的に落ち込んでもう何もかもだめだって気分になったとき、コンビニでチョコレートとポテトチップスを大量に買い込んで、一気にむさぼり食うというのをやってしまう。何かジャンクな味のものを口の中で勢い良く嚙み砕いている間は心が落ち着くからだ。そして食べすぎて胃が苦しくなると、胃に神経が集中してその分だけ精神が楽になる感じがするのだ。それは軽い自傷行為のようなものなのかもしれない。

暴食が一通り終わるとハッと我に返って、またやってしまった、とか思って、お菓子の袋をクリップで止めて部屋の一番遠くに放り投げる。そして胃の苦しさを少しでも和らげようと粉の胃薬を飲む。そんなもの飲むなら最初から食べなきゃいいのだけど。体に悪いものを食べた罪悪感を紛らわせるためにマルチビタミンの錠剤と水溶性食物繊維を麦茶に溶かしたやつを飲んだりもする。ビタミンと食物繊維を摂っておけば、それは実質野菜を食べてるのと同じことになるんじゃないだろうか。ならないんだろうか。どうなんだろう。

僕が揚げ物やポテチを食べまくるような緊張や不安や手持ち無沙汰に襲われたとき、世間ではお酒を飲む人が多いみたいだけど、僕はそれはないんだよな。お酒が飲めないわけじゃないのだけど、飲んでハイになるとか楽しくなるというイメージが自分の中にあまりない。多少気分がゆるんだりはするけど、内臓が重くだるくなるというのを強く感じるので、二杯か三杯でいつもやめてしまう。

そのせいかお酒の名前や飲み方を全然覚えられなくて、ちょっとそのことにコンプレックスもある。だって、同じ嗜好品としても、僕みたいに「セブン・イレブンの鶏の揚げ物はどれを買うのが正解なのか」とか「からあげクンはジューシーさは少ないけどさっぱりしてるし食べやすいから一周回ってありだな」とかそんなことを考えているよりも、「この日本酒はちょっと特殊な製法で作っているんだ」とか「チリ産のワインはこういうテイストだよね」とか語っているほうが大人っぽくて格好いいと思うのだ。ずるい。結局人はみんな何かに依存していて、その対象が違うだけなのに。

人が何に依存するか、それはもともとの遺伝的な体質や、あるいは今までにどんな経験をしたかということによって決まるに過ぎない。揚げ物に依存する人も、酒に依存する人も、仕事に依存する人も、どちらが心が強くてどちらが心が弱いというものではない。何かの拍子に脳の中にどれかの報酬系が作られてしまっただけだ。建設的なものにたまたま依存している人は幸運だ。例えば運動をすることとか、お金を計算することとか、勉強をすることとか。

自分が揚げ物を食べることじゃなくて走ることや仕事をすることに依存していたらもっとまともっぽい人間になれたのかもしれないと思う。だけどその場合、酒やタバコなんかに依存してしまうのはただのダメ人間だ、自分はそんなダメ人間じゃない、とか考えるような融通の利かない人間になってしまっていたかもしれない。非生産的なものにハマってきたから、他の非生産的なものにハマっている人に寛容になれる部分がある。自分の持っている歪みもまた自分だと思うから、自分のだめな部分もそんなに嫌いじゃない。何にも全く依存していない人間はどうせいないのだし。

しかしまあ、何事も健康を害するようになってはよくないというのはある。僕もちょっとお腹が出てきてしまっているので、揚げ物の代わりに生野菜とかで心が落ち着くようになりたい気持ちはある……。

そういえば友人が昔こんなことを話していた。

「深夜にポテトチップス食うとうまいじゃん」

「うまいね」

「でも太るからやめたいんだけど、あのうまさっていうのはさ、結局塩分がうまいんじゃないかって気がするのね」

「ふむ、そうかも」

「だから俺はあるときからポテチ食いたくなったら塩をちょっと舐めるようにしている」

「塩だけ？」

「うん、意外といいよ。ハーブソルトとかいろんな種類のうまい塩を揃えておくと特に。うちにはいつも十種類くらいの塩を常備してる」

郵　便　は　が　き

料金受取人払郵便

代々木局承認

6948

差出有効期間
2020年11月9日
まで

1518790

203

東京都渋谷区千駄ヶ谷4-9-7

(株) 幻冬舎

書籍編集部宛

1518790203

ご住所　〒

都・道
府・県

フリガナ
お名前

メール

インターネットでも回答を受け付けております
http://www.gentosha.co.jp/e/

裏面のご感想を広告等、書籍のPRに使わせていただく場合がございます。

幻冬舎より、著者に関する新しいお知らせ・小社および関連会社、広告主からのご案内を送付することがあります。不要の場合は右の欄にレ印をご記入ください。

不要 □

本書をお買い上げいただき、誠にありがとうございました。
質問にお答えいただけたら幸いです。

◎ご購入いただいた本のタイトルをご記入ください。

『　　　　　　　　　　　　　　　　　　　　　　　　』

★著者へのメッセージ、または本書のご感想をお書きください。

●本書をお求めになった動機は？
①著者が好きだから　②タイトルにひかれて　③テーマにひかれて
④カバーにひかれて　⑤帯のコピーにひかれて　⑥新聞で見て
⑦インターネットで知って　⑧売れてるから／話題だから
⑨役に立ちそうだから

生年月日	西暦　　　年　　　月　　　日（　　　歳）男・女			
ご職業	①学生	②教員・研究職	③公務員	④農林漁業
	⑤専門・技術職	⑥自由業	⑦自営業	⑧会社役員
	⑨会社員	⑩専業主夫・主婦	⑪パート・アルバイト	
	⑫無職	⑬その他（　　　　　　　）		

このハガキは差出有効期間を過ぎても料金受取人払でお送りいただけます。

ご記入いただきました個人情報については、許可なく他の目的で使用することはありません。ご協力ありがとうございました。

うーん、本当にそうなのかなあ。塩分以外に油分も結構大事な感じがするけど。じゃあ、オリーブオイルと塩を舐めればいいのだろうか。からあげやポテトチップスを食べるよりは健康にいいのかもしれない。今度ちょっとやってみようかな。

「でも」と僕は言った。

「夜中に塩とか油舐めてるのってなんか妖怪ぽくない？」

「確かに……」

カレーだったら食べられる

　ここ三日ほど毎日人と会う用事が続いてしまって、それは別に仕事をしていたわけではなく単なる遊びも多かったのだけど、遊びでも人に会って社交をするとエネルギーを消耗するもので、なんだか疲れ果ててしまった。

　人に会うときは自分もちゃんと人間にならないといけない。人に見られてもギョッとされないように顔面の表情筋に力を入れ続けてないといけない。もっと不定形のドロドロとした生き物でいたいのに。

　疲れで完全に虚脱状態になってしまったので、顔の力を完全に抜いて絶対に人に見せられない表情をしながら、毛布にくるまってベッドで横になっていて、二時間ほどそうしていたら少しだけ回復してきた。ようやく少し動けそうだ。

　しかし、毎日一つか二つ用事が入っていたというだけで、一般的に見たら大して忙しいわけじゃないのに、なんで自分はこんなに疲れてるんだろうか。会社に勤めてる人なんかは毎日人に会い続けているというのに。他の人たちが一体どうやってこの社会の中を生き続けているのか全く想像ができない。自分はやっぱりおかしいのだろうか。それでもなんとかやっていくしかないんだけど。

何か早急に食べなきゃ、と思う。忙しいときや疲れているときに、あまり物を食べなくなるタイプの人とたくさん物を食べるようになるタイプの人の二種類がこの世にいるのだけど、自分は後者の、忙しいときほど物を食べてしまうタイプだ。だからこんなに腹がたるんでしまっているのだけど。

おなかが減っているのか減っていないのかもわからないけれど、何かを食べたくなってしまう。それは本当は空腹じゃなくて別の欲求なのかもしれない。でも食べる以外に解決法を知らないのだ。何か味のするものを口に入れて咀嚼《そしゃく》していると、少しだけ精神が回復する気がする。別に何も食べたくないけど、何かを食べて精神を少し救済したい。

そういう状態のときは複雑なものは食べたくない。自炊をする気力もないし、外食でも出てくるまでに時間がかかるのはつらい。こんなときはカレーだ。カレーだったら食べられるような気がする。

財布とスマホだけ持って靴を履いて家を出て、近くのカレー屋に入って適当なカレーを注文する。店員が注文を確認する声がちょっと元気過ぎて頭に響く。カウンター席に座りながら、早く、早く来てくれ、精神を安定させるために、と思いながら待つ。

気力がないときは品数が多い食事を食べることがつらくなる。ごはんと味噌汁と主菜と副菜と漬物をバランス良く食べていくという、その配慮に使う気力がないのだ。ごはんがおかずより先になくなったりしてはいけないとか、その逆もいけないとか、そういったペース配分を調整しながら食べるのがしんどい。それは、◯と△と□と☆を、赤と黄と青と緑を、うまいバランスと順番で組み合わせて一つの作品を演奏し終えるという高度な精神作業のように感じる。元気なときはそれができるけど、だめなときは全くできなくなる。

その点カレーは楽だ。ルーとごはんを、◯と□を、茶色と白を等量ずつスプーンですくって食べていくだけでたやすく、どちらも同時に終了するという美しいゴールにたどり着ける。そこには余計なことを考えなくていいという安心感がある。

牛丼なんかもそれに近いのだけど、牛丼のほうがカレーより迷う部分が多い。例えば、牛丼の肉だけを食べてみてもわりと美味しいとか、たれのかかったごはんだけを食べてみてもわりと美味しいとか、そういう選択肢の多さが少しだけ気力を消耗させる。

他にも、牛丼には卵や漬物やサラダや味噌汁などを付けるかというオプションがあって迷ってしまう。定食のように品数を多くしたほうが健康にいいのではないかという呪縛が自分を不安にさせる。その点、カレーにもトッピングはあるけれど、牛丼にキムチを載せるとキムチ牛丼という別の料理に変化してしまうのと違って、カレーには何を載せてもそれは結局カレーの一部になるのでバランスを崩すことがない。

そういった点ではチャーハンもいい。あれは◯と△と□を全部細かく切って混ぜ合わせたものなので、どんな食べ方をしてもどれか一つだけが余ることがない。何のペース配分も気にする必要がない。偉大な食べ物だ。

だけど、チャーハン専門店というものはあまりなくて、チャーハンを食べるときは中華料理屋に行くことになってしまう。そうすると、メニューを見たときに青椒肉絲《チンジャオロウス》や酢豚や餃子が目に入ってきてしまって、何を頼むのが正しいのかまた迷ってしまう。カウンター席しかなくてメニューはカレーしかないカレー屋の、誰も会話をせずにみんなもくもくとカレーを食べているという、ストイックさがいいのだ。

そんなことを考えているうちに注文したカレーがやってきたので、スプーンを持って皿に向かう。誰の目も気にせず、皿の中身をスプーンで一杯ずつ胃の中に移すという行為にしばらく夢中になる。スパイスが口の中を軽く刺激し続ける。気づくと皿が空になっている。よく食べたな。一瞬だった。

インドカレーも好きだしスープカレーも好きだし、家で作るカレーもコンビニカレーも好きだけど、こういう日本ならではのカレー屋でしか癒せないような疲れがときどき自分の中にある。ものすごく美味しいというわけではないのだけど、いつ行っても一定の満足感と落ち着きを自分に与えてくれる、何でもない日本のカレー屋さん。

カロリーを持った重い塊が自分の胃の中にずっしりとあって、そのことが少し気分を落ち着かせてくれる。満足した。帰って風呂に入ってゲームをしてから寝よう。

うすっぺらい布の袋

あまり物欲はないほうなのだけど、うすっぺらい布の袋だけは見かけると欲しくなってしまう。エコバッグみたいな名前で売っているやつだ。ビニール製のは好きじゃなくて、柔らかい感じの綿でできてるものがよい。

どういうところがいいかというと、手触りがいいというのもあるのだけど、軽くて、折りたたむとすごく小さくなって持ち運びがしやすいというところが好きだ。使わないときはほとんど握りこぶしくらいの大きさになるのに、広げると結構な量の物が入るので、ゼロから空間が生み出されるような気持ちになる。

だからいつも、メインで使っているリュックの中に布の袋を折りたたんで入れている。もしリュックに入り切らない荷物が出てしまったときでも、布の袋を出せば持ち運びに困ることはない。実際に使うことはあまりないのだけど。でも持っていると安心するのだ。

「風来《ふうらい》のシレン」というゲームが昔好きだった。このゲームは持ち運べるアイテムの数に制限があるのだけど、保存の壺《つぼ》というアイテムを拾うと、その壺の中にアイテムをいくつも入れることができて、持ち運べるアイテムの数が増えるのだ。僕にとってうすっぺらい布の袋は保存の壺のような感じで、自分のアイテム運搬キャパシティを拡大してくれるものなのだ。

同じような意味で、収納グッズにも心が惹かれる。

使いにくい流しの下の収納がこんなに効率的に。こんな狭い隙間《すきま》にも置ける棚があるんです。この突っ張り棒があれば頭上の空間にも物がしまえます。壁面収納でオシャレと効率性を両立しましょう。とかそういうやつだ。

そんな商品説明を読んでいると、狭い部屋でも工夫次第でいくらでも物を収納できるのではないか、広い部屋なんて本当は必要ないのでは、という気分になってくる。

数直線上の0と1の間には距離は1しかないけれど、その間には無限の数の無理数が存在する。それと同じように、有限な空間も区切り方を工夫することで、無限に近いものになるのではないか、と思ってしまう。

空間だけじゃなくて時間もそうだ。細かく区切ることでたくさん増えるような感じがある。

三時間ぶっ続けで作業をするよりも、途中で何回か休憩を挟んだほうが時間を効率良く使える。ずっと眠っているよりも、一日起きて二度寝したほうが時間を長く感じられるし気持ちいいので得だ。だらだらと同じことをずっと続けるよりも、区切りを作ったほうがコストパフォーマンスがいいのだ。

僕らはそのうちいつか死んでしまうらしいけれど、こまめに時間に区切りを作ることで、有限の人生だって無限に近いものとして感じられるんじゃないだろうか。空間や時間の区切り方にこだわってしまうのは、人生の有限性に何とかして歯向かいたいのかもしれない。

お金の使い方でも、まとまって使うよりも細かく分けたほうが効率がいいのでは、ということをときどき思う。具体的には、五千円の食事を一回するよりも、千円の食事を五回するほうが幸福の総量は高いのではないか、というような。五千円の食事は美味しいけれど、千円の食事の五倍美味しいかというと疑問で、せいぜい三倍くらいじゃないかと思うのだ。

しかし、がんばって空間や時間やお金を効率的に使おうとしている一方で、そうやって節約した空間や時間やお金を有効に使えているかというと、全くそんなことはないのだけど。

空いたスペースには物を散らかしっぱなしだったり、暇な時間は特に面白くもないネットを見てだらだらと過ごしたり、コンビニで大して美味しくない食べ物を買ってだらだらと食べてしまったりしている。

別に空間や時間やお金が無限にあったとしても、それを使ってやりたいことがそんなにあるわけでもないんだよな。

それなのに空間や時間やお金の使い方にこだわってしまうのは、特にしたいことはないけど何も損したくないという、ただのケチなのかもしれない。もっと気前のいい人間になりたい。

何かを決めるのが苦手だ

昔から何かを決めるのが苦手だ。いつもどうでもいいことを頭の中でぐるぐると考えすぎて決められなくなってしまう。特に咄嗟《とっさ》の判断というのが苦手で、制限時間内に何かを決めないといけないという場合、すぐにパニクって硬直してしまう。

大体の場合、それはよく考えてみれば別にどちらを選んでもいいようなものばかりなのだけど。例えばコンビニでチョコが少し含まれているお菓子とチョコそのもの、どちらを買えばよいか、とか。

チョコが少ないほうが健康にはいいかもしれないけれど、チョコそのもののほうが満足度は高いだろう。健康と満足度という全く別ベクトルの基準をうまく比較することができない。どちらを買ったほうが正解なのか。間違ったほうを買った場合、後悔に襲われるのではないか、ということが怖くて何も決められなくなる。考えれば考えるほど頭に血が集まって視野が狭くなってきて、脂汗がだらだらと流れ始め、コンビニの棚の前で立ち尽くくしてしまう。

そんなくだらないことで悩むなら両方買ってしまえばいいじゃないか。いや、でも両方買ったら今日中に両方食べてしまうだろう。それはもっとも愚かなことじゃないか。じゃあ両方買わないとか。でもお菓子なしで今日一日耐えられるのか。ぐるぐるぐる。思考は無限ループを回り続ける。

「そういうときは直感で決めればいい」とか言う人もいるけれど、その直感が信用できないと思っているのだ。自分がやりたいと思うままに、夜中にこってりしたラーメンを食べたら胃もたれして苦しんだりとか、かっこいいと思って買った服が家に帰って着てみたら全く似合わなかったとか、良いと思った異性に接近していったら気持ち悪がられたりとか、そういう経験がたくさんあるから、自分がしたいと思うことはそのまま信用できないのだ。自分の判断力がポンコツなのは自分が一番知っている。

二十歳くらいの頃、友達二人と一緒に石垣島に旅行に行ったことがある。

そのときの旅行の手配やスケジュールは全部僕が決めたのだけど、実際に旅行してみると、ここはあまり面白くなかった、このお店はあまり美味しくなかった、などという悔やまれる点がいくつかあった。

実際にそんなにひどい失敗があったわけではなくて、基本的には楽しい旅行だったのだけど、僕は「本当はもっと完璧に楽しい旅行になるはずだったのに自分のせいでそれが損なわれてしまった」という気持ちにとらわれて、落ち込んでしまった。

帰りの空港で僕は言った。

「今回の旅行で失敗したところを反省する反省会をしよう。次は失敗しないために」

そうしたら友達二人に即座に、

「そんなの要らないでしょ」

「失敗なんてない」

「楽しかったよ」

「考えすぎだよ」

とにべもなく否定された。一体こいつは何を言ってるんだろう、と思われたと思う。

多分自分は完璧主義すぎるのだ。一度も選択を間違えたくないと思っている。この世界には素晴らしい可能性がたくさん埋まっているはずなのに、自分の愚かさによってそれを取り逃してばかりいる、というような世界観を何故か持ってしまっている。

何かを決めるということは、それ以外の別の何かになり得た可能性を全て殺すということだ。常に最善手を選んでいたいのに、それが自分の愚かさゆえにわからない。それだったら何も決めたくない。決めなければ失敗はない。決めなければ、世界は何にでもなれる可能性を持ったままを保っていられる。そんな風に思ってしまう。実際には、何も決めないということも、何も決めないという選択肢を選んでいるだけに過ぎないのだけど。

あまりにぐるぐると考えすぎて頭の中が焼き切れそうなときは、期待を持ってしまうから苦しむのだ、欲求や願望を全て捨てて何も決めなくていい静かな世界に行きたい、ということまで思ってしまう。だけど、冷静に考えるとそれは死のようなものだろう。

僕は将棋をたまに指すのだけど、これがまた厄介なゲームだ。将棋は麻雀などと違って運の要素がないので、全て指し手の実力によって決まる。最善手は必ずどこかにあるはずなのに、自分の棋力がヘボいせいでそれがわからない。明らかに優勢な局面で、とても馬鹿な手を指してしまって一気に逆転される、というのはしょっちゅうだ。なんて苦しいゲームなんだと思う。

だけど僕がいつも指している将棋ウォーズというアプリではあれが使えるのだ。ＡＩだ。将棋を指し終わったあとに、その棋譜をＡＩにかけてみると、どの手が良くてどの手が悪かったかが全てわかる。正解をちゃんと知ることができるのだ。ＡＩに棋譜を解析してもらうのは有料なのだけど、つい正解が知りたくて課金をしてしまう。そうか、あそこであやればよかったのか。くそ。全然見えなかった。本当に自分はだめだな。そうやって自分の判断の答え合わせをするのは楽しい。

早く科学が進歩して、人間の普段の行動についても判断してくれるＡＩが出てこないものかと思う。コンビニではどのお菓子を買うのが最適解なのか、昼食はどの店のどのメニューを選ぶのが一番満足度が高いのか、どの異性にどんな風に声をかければ最も幸福になれるのか。そんなＡＩがあったら正解がわからないという苦しみから完全に解放されるだろう。有料で結構高くても多分課金してしまうな……。

荷物を減らせない

「カバンに何が入ってるんですか？」

とよく訊かれる。

そして、

「いや、別に大して何も入ってないんですけど」

と答えると、いつも怪訝《けげん》な顔をされる。何も入ってないと言うにしては、僕のカバンはいつも大きく膨らんでいるからだ。


別に嘘をついているわけではない。自分では特に大したものを何も入れていないつもりなのに、いつの間にか荷物が多くなってしまう。

それは僕が考え過ぎで優柔不断のせいだ。外出をするときに、あれも要るかも、これも要るかも、などと考え出すと、どんどん持ち運ぶものが増えてくるのだ。

退屈なときに暇を潰せるように文庫本を一冊くらい持っていこう。あ、この本がいまいち気分に合わない可能性もあるから、念のためもう一冊持っていこう。時間を無駄に過ごさず情報をインプットするためにはこういうのが大事なんだ。急に頭の中で何かを思いついて考えをまとめたくなるかもしれないから、ノートとペンとふせんも要るな。あとスマホの充電が切れたらすごく不安に襲われるから、充電器と予備のバッテリーも必須だ。これは現代人の生命線だろう。ノートパソコンもあったほうがいいかな……。多分使わないだろうけどあると安心するんだよな。急に長文書きたくなったりすることあるし。電車の中で気分を落ち着けるためにペットボトルの水とガムを持っていこう。小腹が空いてしまったときのために軽いお菓子もあると心強い。冬はカイロも常備しておきたい。できれば三個くらい。カイロ、コンビニで買うとちょっと高いんだよな。ひょっとしたらどこかで突然ちょっと仮眠したくなるかもしれないから、アイマスクと耳栓を持っていると安心感がある。たまに、いきなりサウナに行って仮眠室でごろごろしたくなるときがあるしなあ。お気に入りのアイマスクはあまりそのへんで売ってないし。あと、胃もたれしたときとか気分が悪くなったときとか風邪気味になったときのために薬も何種類か常備しておかなくちゃ。気温の変化に対応できるように折りたためる上着も入れておくか。……というような感じだ。

自分だって、そんな風に持ち運んでいるものの九割は実際に使わないだろうことはわかっている。わかっているんだけど、過去に「ふせんが今とても必要なのに無い」「充電器がなくて死にそう」「なんで持ち歩いておかなかったんだ、俺は馬鹿だ」という悔しい経験をしたときの記憶が必要以上に脳に刻み込まれていて、その恐怖を避けたくて、何でもかんでも持ち歩きたくなってしまうのだ。

だから、とても少ない荷物で外出している人を見ると、それだけでとても尊敬してしまう。なんという決断力の人なんだ。彼／彼女はきっと、外出においてあれが起こるかもこれが起こるかもなんて小さいことを気に病まずに、起こった状況をあるがままに受け入れられる強い精神の持ち主なのだ。

自分がいろいろ物を持ち歩いてしまうのは、多分外出そのものと向き合っていないからだ。外出というのは、既知のものしか存在しない自分の部屋を飛び出して、未知の何かと出会うための行為だ。予想外のイベントがランダムに起こる外界で、そのイベントの波をアドリブで乗りこなしていくというアトラクションだ。だけど自分は未知のことが次々に起こるのが怖くて、既知のものをたくさん持ち運ぶことで身を守ろうとしてしまう。自分の人生はいつもそうだ。何が起こるかわからない生《なま》の現実に身を投げ出すのを恐れて、頭の中で余計なことを考え過ぎて、大事な瞬間から逃げてばかりいる。だから自分はだめなのだ。荷物のことを考えると、そんな風に自分の今までの生き方まで否定してしまいそうになる。

結局これからもずっと自分は常に大きなカバンにたくさんの物を持ち運び続け、その優柔不断の代償として、大きなカバンを背負うことによる肩こりという痛みを感じ続けるのだろう。そんな性分は治りそうにない。

旅行のときはさらに荷物が増える。

「友達の家に二泊するくらいでその荷物は多くない？」

などとよく言われる。でも、寝泊まりするとなると、いつも着ている寝間着で寝たいし、お気に入りのタオルがあったほうが安心するし、冬は電気毛布で足を温めたいし、もし予定が変わって布団のないところで寝泊まりすることになっても大丈夫なように寝袋も持っていきたいし、などと考えてしまって、どんどん荷物が増大していく。旅行中でも、自分のお気に入りの物を集めた自分の「巣」を部屋の中に構築しないと不安になってしまうからだと思う。

だけど「意外と荷物が少ないですね」と、逆のことを言われたこともある。

それは三週間ほど旅行をしていたときのことだ。三週間の旅行にしては自分の荷物は少ないらしい。へえ、そうなのか。

多分僕は、二泊の旅行のときの荷物と、三週間の旅行のときの荷物があまり変わらないのだ。二泊だから適当でいいや、と思えなくて、自分にとって完璧な居心地を追求してしまう。だからそのまま三週間の滞在にも対応できる。

荷物が他の人に比べて少ないのだとしたら、基本的には僕は少ない持ち物で生活するタイプの人間だからだろう。旅だからと言って普段と生活パターンを変えたくなくて、ちょっと違う場所で普通と同じように生活したい、と思っているせいかもしれない。

そうなってみると、他の人は三週間の旅行のときに一体どんなものを持ち歩くのだろうか、ということが気になる。旅の荷物というのは、その人が生きる上で何を本当に必要としているかが如実に現れるものだと思う。いろんな人の旅の荷物を見てみたい。

風邪をひきたい

先月、本（『人生にゆとりを生み出す　知の整理術』）を出したのだけど、それがきっかけだったのか、途端に何もやる気が起きない虚脱状態になってしまった。ちょっとがんばりすぎたのかもしれない。思えば一年くらい仕事をがんばってしまっていた。あと、毎年冬は全般的に調子が悪くなる体質なので、季節的なものもあるのだろう。ちょうど急ぎの仕事がないのを幸いに、しばらく何もせずに休むことにした。

しかし、休むと決めたのはいいけれど、それはそれで何をしたらいいかわからなくなった。自分は暇なとき何をしてたんだっけ。好きなことってなんだったっけ。なんだか全てがむなしくて、空虚でだるい感じ。心の動くことが思いつかない。

何か気が晴れることはないかと、肉を食べたり寿司を食べたり、麻雀を打ったり温泉に行ったり、意味もなく街をふらついたりネット経由で知らない人に会ったり、いろいろ試してみたのだけど、どれも一瞬感覚の表面を刺激してはくれるものの、根本的な空虚感は消えない。終わったあと、俺は何をやってるんだろうという気持ちばかりが高まる。結局、外に出るのもだるいしお金がかかるので、一日中薄暗い部屋の中で電気毛布にくるまって寝転がりながら、スマホで特に面白くもないインターネットを延々とリロードし続けるだけの生き物になってしまった。そんなとき僕は思った。風邪をひきたい、と。

風邪というのは一般的には悪いものだと考えられているけれど、僕は風邪をひくのが結構好きだ。なぜかというと、風邪をひいているときは、正々堂々と何もしなくてもいいからだ。

健康な状態だと、ぼーっと何もしないでいることに少し後ろめたさがある。もっと何かするべきじゃないかとか、時間や体力を有効活用するべきじゃないかとか、そういったことを考えてしまう。でも、風邪をひいていれば昼間から堂々と寝ていられるし、周りの人も心配してくれたりする。

寝込んでいるといつの間にか時間が過ぎているので、暇の潰し方に悩むこともない。風邪の最中はしんどいけれど、治ったあとは逆に全身のだるさが一掃されてすっきりした感じもある。あと僕は風邪薬を飲むのがわりと好きなのだけど、風邪のときは堂々と風邪薬を大量に飲めるのもよい。

熱に浮かされて意識が朦朧《もうろう》としている状態では、普段見飽きた家がいつもと違って見える。いつも簡単に立ち上がれるところで立ち上がれないし、簡単にのぼれる階段がのぼれない。それは知らない場所を旅するときの不自由さと少し似ている。

一日一回くらいならギリギリ自力で歩いてコンビニに行けるくらいの風邪が好きだ。寝間着のまま外に出て、おぼつかない足取りで最寄りのコンビニを目指す。徒歩三分の道のりがこんなに遠かったのか、自動車の排気音ってこんなにうるさかったのか、などと思う。

風邪のときはコンビニで豪遊（好きなものを好きなだけ買っていい）をすることにしている。とりあえず水分補給にスポーツドリンクを二本くらい買おうかな。ビタミンCが入ってるやつがいい。ヨーグルトも必須だ。普段買わないような果物がたっぷり入ってるやつを買おう。お菓子はどうしようか。食えるかわかんないけどとりあえず二つくらい買っとくか。あと、あれ、カレーメシとか、カップラーメンの米版みたいなやつの米がすごい好きだから多めに買うのだ。カップスープも必要だからトマトっぽいのとクラムチャウダーっぽいのを。あ、トマトジュースも欲しいな。なんか栄養ある感じがするし。小さいのしかないけどまあいいか。あ、アイスも食べたい。風邪だし、ここはハーゲンダッツと張り込むか。豪遊といっても大体二千円くらいで収まるのでかわいいものだ。買い出しに行ったあとは、また家であたたかい布団にくるまってひたすら眠るのだ。

最近風邪をひいてないので久しぶりにあの風邪の状態を楽しんでみたいのだけど、なんかどうもうまく風邪をひけない。ちょっとだるいな、と思っても、数日ですぐに治ってしまう。暇だから十分に寝まくっているせいだろうか。

風邪というのは大体、忙しい日々が続いて疲れがたまっていて、その忙しさが一段落してふと暇になった瞬間に襲いかかってくるものだ。最初から暇で毎日寝てばかりいると、逆にひけないものかもしれない。

どうにかしてうまく風邪をひけないものだろうか。Tシャツ一枚で外を一日歩き回ったりすればひけるのかもしれないけれど、それは寒いから嫌だ。もっと苦痛のない方法が何かないだろうか。とりあえずたまに飲んでるビタミン剤を一切飲まないようにするか。ヨーグルトを毎日食べるのもやめよう。手洗いやうがいもしないほうがいいのだろうな。タバコを吸いまくることでビタミンCを破壊してみるのもありかもしれない。野菜や果物をあまり食べず、毎日安い肉とフライドポテトばかり食べて過ごそう。世間で言われている風邪の予防法の逆を全部やってみよう。あの朦朧を手に入れるために。

体を忘れてしまう

首や肩が痛くなったときに近所の整骨院に行くようになった。

揉んでもらうと普段からこりを自覚している場所だけでなく、意識していないところも意外と固まっていることに気付く。腕とか。

「今日はお休みですか？」

「そうですね（毎日休みみたいなものだけど）」

「普段はデスクワークですか？」

「まあそうですね（あまり働いてないけどインターネットをずっと見ています）」

「じゃあ目が疲れますよね。大変ですね」

「そうなんですよねえ」

「あ、このへんがかなりこってますねー」

「あたたたた」

「首からここまでは繋がってるのでここがこると首もこっちゃうんですよね」

「あたたたたたた」

整骨院に行くたびに自分がいかに普段体をほったらかしにしていたかということに気付かされてしまう。つい自分はともすれば精神だけで生きているかのように勘違いしてしまうのだけど、自分の本体はこの朽ちて衰えて固まって痛んだりする肉体なんだよな。人生で何度もそのことを思い出しては忘れ思い出しては忘れしていて、自分は頭が悪いなと思う。

自分の肉体を大事にしている人は賢いと思っているので、毎日運動やストレッチを欠かさない人のことを尊敬してしまう。運動やストレッチ、やったほうがいいのはわかってるけどなんか気が進まなくてやる気がしないんだよな。だからこんなにこりをためてどうしようもなくなるまで放置してしまうのだけど。

大まかな傾向として、男性より女性のほうが自分の体をちゃんと自覚している人が多いなと思う。それは女性のほうが月経などがあって自分の体を自覚せざるを得ないことが多かったりとか、見た目に対する社会的な圧を受けることが男性よりも多いせいだったりするのだろうか。自分を含めて男は病気になったり中年になったりするまでいつまでも自分は体を持ったりしていないような気で生きていってしまう傾向があるように思う。本当にどうしようもないな。

三浦俊彦の『論理パラドクス』という本にこんな思考実験が載っている。

悪魔が言う。お前を今から史上最悪の拷問にかける。だけどその前にお情けとして、お前の心を記憶喪失にしてやる。そうしたら拷問を嫌だと感じる自分は消失してしまうのでいいだろう。何、心が消失するのは嫌だ？　じゃあどこかの無関係の人間にお前の記憶や意識を丸ごとインストールしてやる。そうしたら心を失った肉体なんてあとはどうなってもいいだろう。そうだ、せっかくだからサービスとして、百人とか千人とかにお前の心を丸ごとインストールしてやってもいい。自分の心を持った人間がそんなにたくさんいるならば、元の一つの体なんてどうなってもいいだろう？

こう言われてみると、それでもやっぱり嫌だな、と思う。そして、自分のアイデンティティの元となる本質というのは、心ではなく体なのかもしれない、と思う。だけどそれと同時に、こんな現実離れした思考実験を経由しないと体が大事だという当たり前のことも理解できないのか、という絶望的な気分になったりする。

自分が体に対して自覚的になれないのは、今までに大きい病気や怪我をしたことがないからかもしれない。昔から体力がなくていつもだるいだるいと言っている人間だったのだけど、あまりに根性がなさすぎてすぐに休むせいか過労や病気で倒れたりしたことがない。スポーツやアウトドアなど体を大きく動かすこともやらないので怪我もしない。人生で一回も入院と骨折をしたことがなくて、それはちょっとコンプレックスでもある。人生の早い時期に大きな怪我や病気をした人はその体験によって体の大切さというものを身に沁みて思い知って、その後の人生をより有意義に過ごせていたりするんじゃないのだろうか。そういうところでみんなは僕が知らない何かを学習しているような気がする。

自分に足りないのはそういう体験なのかもしれない。五体満足でいることを当たり前だと思いすぎだ。ちょっと一発、命にはかかわらないくらいの怪我や病気をして、体の大切さを思い知ったり死を意識したりしたほうがこの先の人生をよりよく生きられるんじゃないか。そういうイベントがそろそろ起きてもいいのかもしれないけれど、来るならあまり痛くない感じでお願いします。

薬がなくなった

なんとなく、飲むとやせるというサプリを飲んでいたのだけど、そうしたら体重が一ヶ月で四キロくらい減ってしまった。

別にそんなにやせたかったわけじゃない。ただ、何か薬を飲むのが好きなのだ。薬を飲むのって、ゲームでいうとアイテムや呪文のような感じがするからだ。

頭が痛いときは鎮痛剤を。胃がもたれるときは胃腸薬を。乗り物に酔うときは酔いどめ薬を。風邪のときは風邪薬を。筋肉痛には湿布を。不眠には睡眠薬を。野菜不足にはビタミン剤を。

あらゆる状態異常にはそれに対応する薬という対処法があるはずだ。薬さえあればどれだけ無茶な生活をしても大丈夫なような気がしてしまう。人体というのは所詮一つの機械だ。不調というのは体内の化学的なバランスが狂っただけだ。それならそれは何らかの化学物質の摂取によって調整できるはずだ。そうあってほしい。

やせたのはサプリのせいというよりも、ただ単に最近食事が少なくなったからかもしれない。以前は昼にカツ丼を食べて夜にラーメンを食べて間食にアイスを食べるみたいな生活をしてたのだけど、最近歳のせいか、そういうことをすると胃がもたれるようになってしまった。胃腸薬を飲んでも完全にはカバーしきれない。今は昼にカツ丼を食べたときには、夜はサンドイッチ一つくらい食べればいいやという感じだ。今までが異常で普通になっただけかもしれない。

この生活を続けていたらどこまで体重が落ちるのだろうか。あまり急激に体重を落とすのも健康に良くないらしいので、ちょっとリバウンドしたほうがいいのかな、と思っている。夜中にアイスを食べたりして。

そういえば、昔たくさん買っておいた、Dという薬がなくなってしまった。Dは昔は個人輸入が可能だったのだけど、二年前に禁止された。僕は禁止される直前に四百錠ほど買いだめしていた。

Dは、飲むと気分が落ち着く作用がある薬だ。僕は緊張するイベントの前とか、頭の中がぐちゃぐちゃになって不安でどうしようもないときとかにDを飲んでいた。

飲みすぎて依存や離脱が起きるのが怖いので、いつも一錠を四分の一ずつ割って飲んでいた。青い円形の錠剤には割れ目がついているので、前歯をその割れ目に当てて、カリッ、と二分割する。そしてその二分割された半円を、さらに前歯で割って扇形にして、その一つを舌の上に載せて飲み込む。普通の不調のときは四分の一錠を飲んで、ちょっと重めの不調のときは半錠を飲んでいいことにしていた。一錠を丸ごと飲み込むのは、よっぽどのときだった。

飲むと落ち着くような気がしていたけれど、本当はそんなに効果はなくて、プラシーボ効果だったのかもしれない。効果があるにせよないにせよ、何か不安があるときは、それに対して取るアクションがあるというだけで気持ちは落ち着くものだ。

Dは別に珍しい薬ではない。個人輸入は禁止されたけれど、普通に日本の病院で「不安がやばい」とか言えば出してくれるらしい。だけど僕は病院に通うのが嫌いなので、病院に行ってまでもらいたいとは思わない。

これからは、不安に襲われたときも緊張するイベントの前も、薬に頼らず自分の力でなんとかしないといけない。自分の力だけでこの不安だらけの人生を戦っていかなければいけない。でも、みんなそうやっているのだ。やっていくしかない。

薬は便利なものだけれど、薬があれば何にでも対応できるはずだ、という思考は良くないのだろう。この世界には、理不尽でわけがわからなくて対処法の存在しない、名前のない怪物のようなできごとがたくさん溢れているのだから。

旅立つのが下手だ

何もしないままもう十四時になってしまった。本当は午前中に家を出たかったのに。最近ずっと気分が沈んでいて、今日から三日間は何も予定がないことがわかっていたので、気分を変えるために旅行にでも行こうかと思っていたのだけど、旅立つことが昔から圧倒的に苦手だ。

そもそも旅行に限らず先の予定を決めるのが全般的に苦手だ。何かを予約したあとで突然気が変わってしまうことが怖いから、予定を決めることができない。

だって自分の気分なんていつもゆらゆらと揺れ動いているものだから、北の宿を予約しても当日になったら西に行きたくなるかもしれないし、その日になったら家でひたすらゲームをしていたくなるかもしれない。

電車やバスを予約するのも怖い。出発する直前にお腹が痛くなって遅れてしまうかもしれないし、途中の乗換駅で不意に買い物をしたくなってしまうかもしれない。

そんなことを言っていると当日に突発的に痙攣のように出発する旅しかできなくなってしまう。人の誘いには大体いつも「行けたら行く」という返事しかできない。その日その時に行けるかどうかなんて自分でもわからない。

何かを決断するのが怖いというのは自分の中に普段からある傾向なのだけど、精神の調子が悪いときに余計ひどくなる。精神の調子が悪いから旅に出て気分を変えたいのだけど精神の調子が悪いせいで旅立つことができないなんて八方塞がりすぎる。

旅に出たらこの閉塞した日常を打破する何か素晴らしいものに出会えるかもしれないのに。いや、それは嘘だ。別に旅に出たとしてもそんなにすごいものが待っていないことは知っている。だけど、この鬱々とした気分をちょっと変える助けにくらいはなるはずだ。人生なんて結局そんな風にごまかしごまかしやっていくしかないのだ。

脳科学的に見ると、「やる気」というのは脳の側坐核《そくざかく》という部分が司《つかさど》っていて、その側坐核は行動をすることで活性化するらしい。つまり、やる気が出たあとで行動するのではなくて、いやいやでもいいから動き出すことであとからやる気が出てくるということだ。だからやる気がなくても無理やりに動き出せばいい、というのは頭ではわかっているのだけど、本当にだめなときはそれがわかっていても動けない。とりあえず旅の荷造りをしないといけないけれど全然やる気が起きない。

こういうとき、「とりあえず途中までやろう、嫌ならそこでやめてもいいし」と考えると少しだけ行動のハードルが下がる。

例えば、旅行に行く気が起きなくても、とりあえず荷造りだけやってみよう。もし荷造りをしたあとでやっぱり行きたくなかったら行かなければいい。荷造りだけして旅行に行かないというのもそれはそれで面白いし別に損はない。どうせ暇なんだし。

荷造りができたら、とりあえず荷物を持って最寄りの駅まで行ってみよう。もし嫌だったらそこから家に戻ってもいい。ちょっとした荷物の多い散歩だ。たまにはそういうのも面白い。

もし駅まで行っても引き返す気にならなかったら、電車に乗って目的地の駅まで行ってみよう。目的地の駅に着いてやっぱり気が乗らなかったら反対側の電車に乗って引き返してもいい。無意味に電車で往復するだけというのも無為で贅沢でいい。そしてそこまで行ってもし旅行を続ける気になっていたら、そこから宿を予約したりすればいいのだ。

こういう風に考えることで僕はなんとか旅立つことができる。実際には、一旦動き出してしまえば大抵の場合は途中で引き返すことなく旅行を続けることができる。今回もこの方式で行くか。

女の子と仲良くするときも同じだな。大体いつも、目の前の女の子が好きだなと思っても、結局その子と付き合いたいのかセックスをしたいのか、どこまで何をしたいのかよくわからない感じになってしまう。よくわからないけどとりあえず手を握ってみたりして、手を握ったらもうちょっと何かしたくなってくるので抱きしめたりして、抱きしめたらキスもしたくなってきて、キスをしたらセックスもしたくなって、セックスをしたら付き合ってみたいと思ったりするんだよな。

そんなことを考えながらなんとか荷造りを終える。何を持っていくべきで何を持っていくべきでないかを判断能力の弱った今の頭ではうまく決められないので今回も巨大な荷物になってしまった。とりあえずこの巨大な塊を背負って最寄りの駅まで散歩してみよう。そうしたら何かが始まるはずだ。少なくともずっと部屋にいて何もしないよりは。

旅から戻りたくない

旅に出る前はあんなに出発するのが面倒臭いとぐずぐず渋っていたくせに、一旦旅に出てしまうと今度は元の日常に戻るのがすごく憂鬱になって帰りたくなくなってしまう。本当はもっと旅を続けていたいのだけど、今週末に用事があるのでそろそろ東京に戻らなければいけない。

風呂に入るのとか髪を切るのとか部屋を掃除するのとかも、いつも面倒でずるずる先延ばしにしてしまうのだけど、やってみるとすごくスッキリして、なんでもっと早くやらなかったのだろう、と後悔する。何年生きてもそのあたりをうまくコントロールできない。自分は馬鹿なのかなと思う。

家にいるときはあんなに全てが憂鬱だったのに、旅に出るとなんだか気分がシャキッとするのはなぜだろうか。

その理由の一つは、旅だと一泊ごとに宿泊費などのコストがかかるからかもしれない。今の状態をいつまで続けるのかを毎日シビアに意識させられてしまうし、払うコストに見合うくらいに一日を有効に過ごさなければという意識が生まれる。

　終わりが見えているものや日数が限られたものが好きだ。終わるものは全て美しく見えるし、続くものは全て淀んで濁って見える。自分が普段の生活で憂鬱になるのは、いつまでもこの見飽きた日常がだらだらと続いていきそうだという閉塞感によるものなのだろう。

　だけど本当は普段の生活でも同じなのだ。普段住んでいる家だって毎月家賃や光熱費を払っているのだけど、それが見えにくくなっているだけだ。普段の生活だって、本当にその生活コストに見合うだけの毎日を送れているのか、もっと真剣に考えなければいけないはずなのだ。

　そしてそれは人生だって同じなのだ。我々の寿命は有限で、一日ごとに一日ずつ減っていっている。健康だとそれが見えにくくなっているだけで、自分がいつか死ぬことは何も変わっていない。なぜ見えないものに対してすぐこんなに鈍感になってしまうのだろうか。自分は馬鹿なのだろうか。自分はこの限られた人生を本当に有効に活用できているのだろうか。


　こういうことを考えるといつも『幽《ゆう》☆遊《ゆう》☆白書《はくしょ》』に出てきた戸愚呂《とぐろ》（弟）のサングラスをかけた顔が浮かんでくる。戸愚呂（弟）の名台詞《せりふ》、「お前に足りないのは危機感だ」「おまえもしかしてまだ自分が死なないとでも思ってるんじゃないかね」、これは命を賭けた死闘の中で放たれる言葉なのだけど、別に死闘なんてしなくても普通の生活でも同じことなのだ。僕らはいつも無意識のうちに自分の人生が無限なような気がして、死を意識せずに生きてしまっている。本当はいつか死ぬのに。

もっと普段から死を意識しないといけない。前にネットで読んだのだけど、普通のグループと死を意識させたグループとの両方に同じ作業をさせてみると、死を意識させたグループのほうが成績がよかった、という実験結果があるらしい。死を意識したほうが意識がシャキッとしていろんなことを効率的にできるというのはありそうな気がする。

その記事で面白かったのは、実験の中で死を意識させる方法の一つが、試験官に「DEATH」と書かれたTシャツを着させる、というものだった。そんなんでいいんだ。でも確かに効果あるかもしれない。僕も部屋の壁に「DEATH」って書いたポスターでも貼ってみようか。人に見られたらちょっと痛いけれど。同じような意味では墓場や葬儀場の側《そば》に住むというのもいいかもしれない。

旅から戻ったらもう少しそういうのを意識しながら生きてみよう。刺激のない毎日に埋もれてしまわないために。ときどき日常から抜け出して旅でもしないとそんなこともわからなくなってしまう。

しかし、日常が退屈だといっても、自分は世間一般的に見るとそんなにちゃんとした日常を送っているわけじゃないのだけど。

家庭もなく会社にも勤めず、思いつきでいろんなことに手を出すけれど、継続しそうになるとすぐに窮屈さを感じて逃げ出して、いつまで経ってもふらふらしている。そんなことを繰り返している自分は普段から旅をしているようなものなのかもしれない。日常に飽きて刺激を求めて別の場所に移動し、その刺激が日常に変化しそうになるとまた別の場所へと移動する。それを繰り返して自分の人生はいったいどこに行き着くのだろうかとも思う。

何をするべきなのか全くわからないけれど、とりあえず東京に戻ろう。戻ってからいろいろ考えよう。あの、いつも情報が溢れ返っていて、全てが物凄い勢いで移り変わっている、どんなでたらめなことでも許される街へ。

検札が怖い

「切符を拝見します」

そう言いながら少しずつ車掌さんがこちらに近づいてくる。

切符はどこにやったっけ。ちゃんとあるよな。ポケットの中に入れたか、財布の中に入れたか、どっちだったか。ポケットに手を入れると切符の尖った感触があった。よかった。ちゃんとあった。切符を手に握りしめて車掌さんが来るのを待つ。声をかけられたときに滞りなくスムーズに切符を出せるだろうか。切符を差し出す瞬間を、頭の中で何回もシミュレートする。

車掌さんが自分のそばまでやってくる。無言で切符を差し出す。車掌さんは切符に判子を押して返してくれる。切符を受け取る。やった。無事ミッションをこなした。ちょっと誇らしげな気分になる。

自分はちゃんと正当な運賃を払い、この列車の座席に座る権利を買っている。それを車掌さんも認めてくれた。それをみんな（誰？）も見たはずだ。これで誰にも文句は言わせない。自分はここにいていいんだ。

検札が来たのにもかかわらず、どうしても切符が見つからない。どうしよう、ちゃんとお金を払って切符を買ったはずなのに。このままでは怒られてしまう。本当は何も悪いことをしていないのに。

そんな夢を何度も見たことがある。現実にそういうシチュエーションになったことは一度もないはずなのだけど、なぜこんなに切符が見つからないことを恐れるのだろうか。

それは多分、列車に乗っているときに限らず、自分は本当にここにいていいのだろうか、ということに根本的な不安を持っているからなのだと思う。

自分は他の人に比べて何かすごく欠陥があって、みんなが普通にやっていることがうまくできないから、ここにいる権利がないのではないか。

なんとか他の人の真似をしてごまかしているつもりだけど、実はそれも全部みんなにばれていて、突然誰かに怒られて責められるのではないか。

そんなことをいつも恐れている。この世界に対する原罪感のようなもの。切符の検札で咎められる、という恐怖は、それを象徴しているのだと思う。

本当は、別に誰も自分を責めてなんかいないのにな。

電車だとお金を払って切符を買うだけでそこにいてもいいと認められる。楽なものだ。

人生でもときどき車掌さんがやってきて、ちゃんとやってますね、生きていて良し、って言ってくれたらいいのに。

がたんごとん、と列車は揺れながら走り続ける。終着駅まではまだ少し時間がある。

3

人生を
がんばらない

つがいになれない

夫婦やカップルを見るのが結構好きだ。人間はみんなどこか歪《ゆが》んでたり欠落してたりするものだけど、Aさんの歪みとBさんの歪みが絡み合ってある地点で一つの安定を作っているという様子が面白いのだ。この人は一人だとこんな感じだけど二人だとこんな感じになるのか、こういう安定を作るんだ、意外だ、みたいなことを考えるのが楽しい。

夫婦やカップルでいるところを一回見てしまうと、その後その人が一人でいるところを見たとき、今この人は母艦から射出された状態なんだ、と思う。今は単独行動を取っているからたまたまこんな風だけど、本当は違う姿なんだ、家に帰ると別の顔になるんだ、それが本来の姿なんだ、ということを考えてしまう。

だけど、自分が誰かとつがいでそういう安定を作るということを考えると、抵抗がある。俺は俺のままで誰にも回収されたくない、とか思ってしまう。だから自分はだめなんだろうけど。

夫婦やカップルが顔が似てくる、みたいな現象があるけど、あれもなんか嫌だ。絶対に似たくないと思ってしまう。

異性と少し親しくなると、その状態だと自分が自分らしくいられなくなるような気がして距離を取ってしまったりする。もっと異性と一緒にいることができたら楽だし幸せなんだろうと思うけど、うまくできない。世の中の多くの人は、家族やパートナーがいる状態こそが落ち着くらしいのだけどよくわからない。

結婚で苦労したりしている人の本を読んだりすると、こんなに理不尽を感じているのになぜそんな相手と一緒にいるのだろう、さっさと別れたらいいのに、と思うことがよくある。でも、そこには自分にはわからない大事な何かがあるのだろう。

誰かと一対一で暮らすのもできないけれど、一人暮らしも寂しくてつらいので、ずっとシェアハウスに住んでいる。

メンバーが複数人いると一対一のときに比べて一人一人との関係性が薄くなる。メンバーは多ければ多いほど一人に対する負担が少なくなって気が楽だ。

家に二人しかいないと、なんでも自分か相手かという二分法になってしまうのがつらい。例えば床にゴミが落ちてたり物が散らかしっぱなしになっていたとき、二人暮らしだと自分がやったのでなければ犯人は相手しかいない。そんな小さなことが積もり積もると、相手の些細な行動にまでだんだんイライラするようになってしまう。

シェアハウスのようにたくさん人数がいると、ゴミを散らかしたのはAかもしれないし

Bかもしれないし Cかもしれない。はっきりわからないのでうやむやになってしまう部分があって、関係が煮詰まりにくい。一人一人と接する時間がそんなに多くないのもよいと思う。

何か揉めたりした場合も、一対一だと紛れがないので激しい揉め事になりやすい。普段溜まっていた感情が爆発したりして、そうすると関係を修復するためには泣いたり叫んだり抱き合ったりといった手続きが必要になったりする。

シェアハウスのように第三者がいる環境だと、人目があるし、第三者が仲介してくれたりもするので、何か揉めた場合もそこまで劇的な手続きを踏まずに収まることが多い。

こんなことを考えるたびに、誰かと一対一で暮らしたりするのは絶対無理だ、と思うのだけど、でも一対一というのは「世界に二人だけ」感みたいな、他では得られない信頼や安心があるのだろう。そういうのに憧れる部分があるから、カップルや夫婦を見るのが好きなのだと思う。僕は無理だけどみんながんばってくれ……。

最近猫が冷たい

こんにちはー、と言いながら部屋に入ると誰もいなかったので、部屋の隅の椅子の上の、猫がいつも居場所にしているところに向かう。いた。よく眠っている。眠っている猫の頭を撫《な》でると猫は眠そうに目を少しだけ開けて、僕の顔を見て撫でているのが誰かを確認すると、ニャ、と短く小さく鳴いて、また目を閉じた。

これが昔だったらな、と思う。僕の足音を聞いただけで駆け寄ってきて、足元にまとわりつきながらニャーニャーニャーニャーとうっとうしいくらいに何かを訴えかけてきたのに。猫が最近明らかに昔より冷たくなっている。理由は簡単で、一緒に住まなくなったからだ。

前にこのシェアハウスに住んでいたときに猫を飼っていたのだけど、いろいろあって近くにある別のシェアハウスに引っ越すことになって、そして新しい方の物件がペット禁止だったので猫は前のシェアハウスに置いてきてしまったのだ。それは一時的な処置のつもりで猫と一緒に暮らせる物件にすぐ移る予定だったのだけど、それがうまく行かずぐだぐだになってしまい、結局もう一年くらい猫と離れて住んでいる。

近くだからちょくちょく行って会えばよいだろうと最初は思っていたのだけど、猫の良さって、ときどき会いに行くというのでわかるものじゃないんだよな。ふとしたときにいつも側で寝ているとか、何かやってるときに邪魔しに来るとかそういうのが猫の良さだ。一緒に暮らしていないと見られない猫の表情というのがたくさんある。

離れて暮らす期間が長くなるにつれて、猫の親密度がだんだん下がっているのを如実に感じる。会いに行っても「誰？　ああ、そんな人もいましたね。で、何しに来たの？」みたいな顔をして他の人の膝の上に載っていたりする。

面倒臭い。なぜ、会ってなくてもずっと同じように、僕のことを好きでいてくれないのだろうか。定期的に交流をしないと親密度が下がるということに納得がいっていない。

猫だけでなく人付き合いでも同じことを感じる。あのときあんなに何でも話し合っていた友人とも気がつくと何年も会っていなくて、懐かしく思う気持ちもあるのだけど、用もないのにわざわざ会うのも面倒だな、とか思っているうちに、いつの間にか疎遠になっているというパターンが多い。あの人もあの人も別に嫌いになったわけではないのにな。この世界は、親密度ゲージを一定に保つには定期的に連絡をしたり顔を見たりしないといけないというシステムになっているらしい。

昔よく行ってたお店やよく参加してた集まりに行かなくなるということもよくあるけれ

ど、たまに顔を出してみると「久しぶり、もっと遊びに来てよ」とか言われてしまい、そういうときに「いや、最近忙しくて……」って本当は全然忙しくないのに言い訳してしまうのも気まずい。

あの店には三ヶ月くらい行ってないなと思って、実際に日付を確認すると前に行ったのは半年前だったりするし、あの人には一年くらい会ってないなと思ったら、前に会ったのは三年前だったりする。時間の流れがどこかで歪んでいる。

定期的に会わなくても、全ての仲が良かった人と、一番仲が良かった頃のままいられたらいいのにな。でも世の中はそうなっていないらしい。

そもそも、人間関係に限らず、時間とともに減衰するものが全て嫌だという気持ちもある。例えば、いつの間にか服が擦り切れてヨレヨレになってるとか、靴の底が剝がれて履けなくなってるとか、昔からそういうのにすごく納得がいかない。全ての持ち物は半永久的に使えてほしい。なんだか毎週毎週何かを買い換えなきゃとか補充しなきゃと思ってる気がするんだけど、そんなどうでもいいことに思考のリソースを取られたくない。

別に何もしていないのに、気づいたら髪が伸びすぎているから切らなきゃいけないし、爪もとがっているから切らないとだし、靴は壊れるし鞄は穴が開くし、シャンプーはまたなくなってるし、猫は冷たくなるし昔の仲間はみんなどこかに行ってしまったし、こないだまで夏だと思ってたらもう冬が来るし、駅前にできた新しい店は一度も行かないままに潰れて別の店になったし、なんだかよくわからないまま平成も終わって別の何かになるし、時間の流れが速すぎる、といつもいつも思っている。いつも時間の流れに置いていかれているような気がする。この世界は自分には速すぎる。

　猫はそんなこと考えないんだろうな、と、再び眠り始めた猫の顔を見ながら考える。猫は自分の小さな世界で静かに生きているだけだから、時間の流れが速いとも遅いとも考えないだろう。ただあるがままをそのまま受け入れている。猫から人間を見ると、いつもよくわからないことでバタバタしてるけどもうちょっと落ち着けよ、ゆっくり部屋でごろごろしていればいいじゃん、という風に思うだろう。

　本当なら、猫のほうが人間より寿命が短いから時間の流れが速いはずなのにな。僕が一つ歳をとるたび猫は人間の五歳分くらい老いているはずだ。でも猫は余計なことを考えず、ただ時間をそのまま生きて、寿命が来たら死ぬだけだ。この猫はあと何年生きてどんな時間を過ごすのだろうか。そしてこの猫が死ぬとき自分は何をしているのだろうか。

今のことしか考えられない

目の前にあるものをつい触り続けてしまう癖がある。

ファミレスなどに行っても、ついストローの袋や箸の袋などを延々と折り畳んだり丸めたりを繰り返してしまう。

こないだシェアハウスのリビングで知り合いの女性と話していたら、不意に彼女が「それはちょっと……」と言った。

何かと思ったら、僕は話しながら無意識に、机の上に置いてあった人間のちんちんの模型を撫で続けていたのだ。完全にセクハラだ。反省した。そもそもそんなものを机の上に置いてあるのがよくないのだけど。

お菓子なども目の前に置いてあると延々と食べてしまう。そのせいでごはんが食べられなくなることもしばしばだ。ポテトチップスを惰性で食べ続けていて、ふとある時点でハッと目が覚めて「やばい」と思って、袋ごと手の届かないところに放り投げる、ということをよくやる。手が届かない場所にあるものは食べたいと思わない。それは既に自分の世界から消え失せているからだ。

大体いつも目の前のものに気を取られて、それを触ったりしているうちに、その前に何を考えていたかを忘れてしまう。

自分は今目の前にないものを扱う能力が低いのではないかと思う。それは多分計画性と呼ばれているものだ。

僕はもう三十八歳なので、同世代と話していると人生設計の話とかが出てきたりするのだけど、自分が全くそういったことを考えられないことに愕然《がくぜん》とする。

老後を考えて毎月少しずつ積み立てておこうとか、そうすると税金が控除されて得だとか、そんな暮らしをずっと続けてたら六十代や七十代になったとき困るよとか。

みんなそれは本気で言っているのか。本気で二十年後や三十年後のことを実感を持って考えられるのか。何かに騙《だま》されてないか。でも、多分みんなできるのだろう。だから世の中にはこんなにも多種多様な金融商品が存在するのだ。

僕なんて百万円くらい持ってたらそれでもうしばらく働かなくてよくて安泰だと思ってだらけてしまうのに……。六十代とか生きてる自信もないのだけど。

僕は二十年後のことどころか、半年後のことすら実感を持って想像することができない。三十八年も生きているのにまだ季節が変化するということに慣れていない。

冬のときは、この世界はこの冷蔵庫の中のような寒さがずっと続いていくもので、春とか秋とか幻だし、夏みたいに冷房を入れないと快適に過ごせない時代が来るなんて嘘でしょと思っている。

春や秋には、この快適な気候が永遠に続くと思っていて、冬とか夏みたいな異常気象になることなんてないだろう、そんなの地球の終わりだ、と考えている。

夏は夏で、暑さでへばって死にそうで、なんでこんな熱地獄に生まれたんだろうと世界を呪っている。

もちろん、温帯においては地軸の傾きの影響で四季の変化が生じるということは頭ではわかっている。わかっているけれど、今目の前にない状況を実感をもって想像することができなくて、嘘でしょ、と思っちゃうのだ。

だから先のシーズンの服を買うことができる人を尊敬してしまう。寒くなると何が着たくなるかなんて、寒くなってみないとわからないじゃないか。数ヶ月先の自分なんて、今の自分とは別人みたいなもので、全く別のものが着たくなっているかもしれないのに。それなのに数ヶ月後のための買い物ができるなんて、なんて想像力と決断力に溢れた人なんだ。

だけどそんな自分だからこそ、人よりも季節の変化を喜ぶことができているのかもしれないと思う。毎年春が来るたびに、あの長くて寒い冬が本当に終わったんだ、なんとか生き延びた、やっと〈世界〉に戻ってきた、これでもう無敵だ、俺は何でもできる、と本気で思っている。

先の見通しがないほうが、目の前に出てくるもの一つ一つに本気で驚いたり感動したりすることができるのだ。極度に飽きっぽい僕が人生を飽きずにやっていられるのはそのせいかなと思う。

自分のことしか書けない

文章を書くときに一つ悩みがある。それは自分のことしか書けないということだ。

僕は今までに本を六冊出しているのだけど、エッセイを書いても人生論を書いても、社会について書いても旅行記を書いても、書評を書いてもルポを書いても、何を書いても自分語りになってしまう。

文章の中に他人を登場させることも苦手で、ひたすら自分の考えたことや自分のしたことの話ばかりになる。多分他人にそんなに興味がないのだろう。

まあそれはそれで一つのスタイルかもしれないけれど、自分以外の他者についてのことを書いている人のほうが、自分よりも大人だ、と憧れてしまう。

そんな風な文章ばかり書くようになった理由の一つは、僕がブログ出身だからかもしれない。

ブログだと、何を書いても「これは個人が趣味でやっているものだから細かいこと言うなよ」という言い訳ができる。世界中の誰でも見ることができる場所に文章を公開しておきながら、「これは別に見せるためにいてるわけじゃない」というフリができる。ひたすらうっとうしい自分語りを繰り返しても、「ここはお前の日記帳じゃない、チラシの裏にでも書いてろ」と注意されることがない場所、それがブログだ。

僕もそんな風に、本当は人に読んでほしいのに、これはあくまで自分用の日記だし、誰にも見られなくてもいいし、自分が十年後に読み返して楽しむために書いてるんだし、とかうそぶきながら文章を書いて公開していたので（卑怯）、それがだんだん多くの人に読まれるようになって、依頼を受けて文章を書くようになった今でもそのスタイルが抜けないのかもしれない。

僕の文章のスタート地点がブログではなく、ライターの仕事などで最初から人に見せることを目指して書き始めていたら、もっと他人の目線や評価を気にしたきっちりとした文章を書く人間になっていたのではないだろうか。

いや、でもよく考えたら、そもそも自分にはそんな文章は書けないな。自分のこと以外興味がないし、興味のないことは書けない。だから、ブログというツールがなかったら、僕の書く文章は世に出ることがなかったのではないかと思う。インターネットのある時代に生まれてラッキーだった。

それはそれとして、やっぱり自分以外のことを書ける人のほうが偉いな、という気持ちがずっとある。

その最たるものが小説だ。小説って、架空の人間を何人も作り上げて、そのキャラクター同士のやりとりを全部想像で作るというものだから、とても高度な人間の社会性に対する理解がないと書けないものじゃないかと思うのだ。

　今までの人生で何度か小説を書いてみようと思ったことはあるけど、登場人物を動かすということがわざとらしくて照れくさくて全くできなかった。いや、それ以前に、登場人物に名前をつけるという段階でつらかった。本当はいない人間に斉藤とか別府とかゆり子とかいう名前をつけて自分の好きなように動かすなんて恥ずかしすぎる、と思った。

　エッセイなどで本当にあったことを書くんだったら「これは僕が考えたのではなくて本当にあったことだから」って言い訳ができるけど、フィクションを書いてしまったら、そこに自分のセンスのなさや幼児性やコンプレックスがそのまま丸出しになってしまって、言い訳ができないような気がしたのだ。

　小説を書けないことで、僕はひたすら現実の自分自身に関することしか興味がないし、自分が実際に感じたことしかわからないのだなあ、と思ったのだけど、「ひたすら自分のことばかり書いたり考えたりしてる」と人に言うと、「そんなに自分が好きなナルシストなのか」と聞かれたりする。

　自分が好きかどうか、それもよくわからない。「自分が好きか」という問いは僕にとって「地球が好きか」とか「時間が好きか」という質問と同じで、それは「好きも嫌いもなく絶対の前提としてあるもの」でしかない。「自分が好き」と言える人は、他人と自分を比べたり、他人から見た自分の像を意識しているということなので、僕よりも社会性があるんじゃないだろうか、と思ったりする。

人間の成長段階として、若いうちは自分のことしか興味がないけれど、大人になるにつれてだんだん周りの人を大切にすることを覚えていって、さらに歳をとると地域や国など大きなものを大切にするようになる、という説がある。興味や関心が年齢や経験とともにだんだん拡大していくという話だ。

それが本当だったら、僕ももっと人間的に成長して、今よりもっと人間のことや社会のことが深くわかるようになったら、たくさんの人間が登場して動き回る小説を書いたりできるようになるのだろうか。そうしたらすごく面白いものができるはずだ。そんな日はずっと来ないような気がするけれど。

書くことで何かを終わらせる

僕はよくツイッターで「だるい」とか「疲れた」とかつぶやいているのだけど、「だるいときによく『だるい』とかつぶやく元気がありますね」と言われたりすることがある。

そう言われてみればそうだ。よく考えてみると、本当にだるくてだるくてたまらないだるさの真っ最中のときは、「だるい」ってつぶやいていないような気がする。「だるい」ってつぶやくのは、だるさがピークを超えて、少しマシになってきているときだ。

大体何でも、本当に何かの真っ最中にいるときは、そのことを言語化することができない。真っ最中にいるときは自分に起こっているのがどういうことなのかわからないからだ。

言語というのは人類が持っている最大の問題解決ツールで、言語化できるということは、すでにある程度それを乗り越えているということなのだ。

人は文章を書くとき、自分の中である程度終わっているもの、ある程度一段落しているものについてしか書けない。「書く」という行為には、既に終わりかけている何かをはっきりと終わらせて、その次に進めるようにする効果がある。

だから僕は「自分は今だるかったんだな、わかったぞ、もうお前は怖くないぞ」ということを確認するために、呪文のように「だるい」とつぶやくのだ。

このコラムやブログの文章を書くときも、自分の中の何かを終わらせるために書いているようなところがある。うつ病などに使われる認知療法というメソッドでは、ひたすら考えていることを紙に書き出すことで自分の思考の歪みを自覚する、ということが行われるのだけど、それに近い。文章を書くことは自己セラピーみたいなものだ。

自分がよくわからないと思っていることを、言語化することではっきりさせる。それをひたすら続けていけば、いろんな悩みや迷いが解決して、もっと完璧な自分になれるのではないかと思っているところがある。だけど、自分についてよくわからないものを全部書ききったあとに何が残るのだろうかと思うと、何も残らないような気もする。書くことがなくなった状態、それは死みたいなものかもしれない。

あと、自分の歪みやだめな部分ををひたすら文章に書いて公開し続けていけば、そんな自分を全て受け入れた上で自分と仲良くしてくれる人が自分の周りに集まってくるだろう、みたいな期待もある。

実際にそういう現象は存在する。ネットの良いところは、どんなにだめで偏った意見に対しても、ある程度の支持者が現れるところだ。その逆として、どんなに良いことを書いてもある程度の人に批判されてしまう空間でもあるけれど（「結婚しました」という幸せそうな写真を投稿したら「結婚したくてもできない人間がこれを見て傷つくことを想像しろ」と怒られる、など）。そうした現象を見るたび、人間は多様で、だから世界は面白い、ということを実感する。何を投稿しても肯定意見が来るということは、ちゃんと気を付けていないと自分が全く成長しないということでもあるので、怖いところでもあるけれど。

こういうのは別に僕だけの話じゃなくて、ネットを見るとそこらじゅうでみんなが自己セラピーのような自分語りの文章を書いている。ネットは悩みの博覧会だ。家庭について、仕事について、自己について、性や恋愛について。ブログで、ツイッターで、発言小町で、はてな匿名ダイアリーで。ネット上のありとあらゆる場所で、告白とカウンセリングと共感と野次馬が入り交じったような戦場が日夜繰り広げられている。ネットは巨大な精神科みたいなもので、症状が治ったやつから順番にいなくなっているのでは、と思ったりすることもある。

自分の悩みを言語化することやそれを他人に見せることはセラピーとして有効なので、みんなどんどんやったらいいと思うのだけど、興味本位の野次馬が集まりすぎて心無い言葉に傷つくみたいなパターンもよく見るので、ある種の自衛が必要だとも思う。

個人的には、共有範囲の段階分けをするのが有効だと思っている。

例えば、内容によって、

・文章にするけど誰にも見せない
・文章にするけど少数の知り合いにだけ見せるようにする
・誰でも見られるように公開するけど匿名で発表する
・誰でも見られるように公開するけどハンドルネームを使う（いざとなったら名前を変えて逃げられる）
・誰でも見られるように公開して、実名など、自分と強く結びついた名前で発表する

みたいな段階分けをするのだ。

誰にも見せなくても文章にするだけで安心するときもあるし、無制限に公開しなくても少数の知り合いに見せるだけで気が済むときもある。全ての文章を自分の顔と名前に紐付けて発表する必要はない。文章というのは自分の一部でもあるけれど、自分と切り離して別個の生き物としてふるまわせることもできるものなのだ。

そうした使い分けが、誰もが悩みを気軽に全世界に発信できてしまう今の時代には必要なのではないかと思う。

全てを覚えていたい

いつからか、自分の生活をできるだけ全て記録したい、と思うようになった。自分の日記を五年後や十年後に読み返すのは楽しい。あとで振り返って楽しむために自分の人生のいろいろを記録しておきたい。

そう思って、その日に起きたことや考えたことを些細なことでもできるだけブログやツイッターに書いておくようになった。スマホで撮った写真は全て自動的にクラウド（Googleフォト）に保存して、写っている人間や撮った場所ごとに分類されるようにしている。

読んだ本は読書メーターというサービスに記録するようにしているし、スマホやパソコンから聴いた音楽はLast.fmというサービスに自動的に記録されるようにしてある。この十数年間、自分が聴いた音楽が記録されているので、「どの曲を多く聴いているか」とか「どのアーティストを多く聴いているか」というランキングを見ることができてすごく楽しい。

一日の行動も、GPS付きのスマホを使って、自分がその日にどういうルートで街を動き回ってどの店に立ち寄ったかを全て記録している（Googleマップのタイムライン機能）。買い物も、クレジットカードで買ったものは全て記録が残るので何月何日に何を買ったかがあとで全て調べられる。

一日の歩数や心拍数の変化、睡眠時間を全て記録するための機械（Mi Band）を腕に装着していたこともある。だけどこれは、僕がもともと腕時計などを付け続けるのが苦手なのでやめてしまった。本当は記録したかったのだけど。

記憶はすぐに消えてしまうけれど記録は消えない。その日に何を考えてどういう行動をしたかは記録をしておかないとすぐに忘れてしまうけど、記録があればそれを手がかりに思い出すことができる。ネット上に自分の行動の記録を残していくことは、自分の生きた証《あかし》を積み重ねているような実感がある。

しかし、ネットへの投稿があまりにも身近になりすぎて、いつもそれを気にしてしまっているような気もする。

何か日常で変わったことがあるたびにツイッターに投稿するネタになるかどうかを考えてしまう。旅行に行ってもどういう写真を上げれば一番「いいね」が付きそうかを考えてしまう。店でメニューを選ぶときも一番インスタ映えがしそうなものをつい選んでしまう。

明らかにネットの存在が、自分の行動や選択に影響を与えている。ネットがなかった頃は、自分はどういうことを考えて毎日を過ごしていたのか、どういう旅行をしてどんなものを店で注文していたのか、もうわからなくなってしまった。

中島敦の『文字禍《もじか》』という小説を思い出す。文字を覚えたことで人間は、世界をありのままに感じることができなくなったのではないかという話だ。


獅子という字は、本物の獅子の影ではないのか。それで、獅子という字を覚えた猟師は、本物の獅子の代りに獅子の影を狙《ねら》い、女という字を覚えた男は、本物の女の代りに女の影を抱くようになるのではないか。文字の無かつた昔《むかし》、ピル・ナピシュチムの洪水《こうずい》以前には、歓《よろこ》びも智慧《ちえ》もみんな直接に人間の中にはいって来た。今は、文字の薄被《ヴェイル》をかぶつた歓びの影と智慧の影としか、我々は知らない。


ネットを覚えた自分にも同じようなことが言えるのかもしれない。

記憶は消えるが記録は残る。しかしどちらにせよ死んで百年もすれば自分の生きた痕跡はほとんど消えてしまうだろう（ネット上に残っていたとしても誰も見る者がいなければ消えたのと同じだ）。

　残るものしか意味がないとしたら、自分が生きていたということは全てむなしいということになってしまうのだろうか。そんなはずはない。忘れてしまっても、記録に残っていなくても、自分が何かを感じて生きているということには意味がある。消えてしまうものにも価値はある。ネットに上げなくても自分がその日したことは無意味にはならない。

自分がネットなしだと何を考えて何に興味を持つのかを思い出すために、一年のうち二週間くらい、全くネットに触れずに過ごしてみるべきなのかもしれない。なかなか怖くてできないけれど。とりあえず、風呂に入るときもスマホをジップロックに入れてずっとネットを見続けるのをやめてみるか……。

同じことを続けられない

この間、作家の佐々木典士《ふみお》さんと対談をするイベントがあった。

佐々木さんは数年前にミニマリストが流行になったときにその第一人者として話題になった人だ。二冊目の著書として『ぼくたちは習慣で、できている。』という習慣に関する本（運動する習慣を作るとか、お酒を飲む習慣をやめるとか、そういう話）を出したのでその発売記念イベントだったのだけど、「ミニマリストとして見られるのはもう飽きてるんだけど、やっぱりみんなからミニマリストの人と捉えられてしまって面倒臭いんですよね」という話を聞けたのが面白かった。僕も全く同じようなことを思っていたからだ。

僕はもともと、会社を辞めてニートになって、ブログで「働きたくない」ということを語っていたら名前が売れた感じなのだけど、現在はニートとか労働について語ることをあまりしていない。それは、物書きの仕事である程度収入がある状態になったからでもあるけれど、それ以上に大きな理由として「飽きたから」というのがある。同じことを何回も、何年も何年も話していると飽きるのだ。

だけど、人というのは一番最初の印象で記憶されるもので、その最初の印象はなかなか上書きされない。多くの人にとっては僕は「なんかすごいニートの人」くらいで記憶されているし、初対面の人に会ったときなんかもそれが通じやすいから、「ニートの人ですよね！」って言われたら「まあそんな感じです、働くのだるいですよね」みたいにいちいち訂正せずに流してしまったりするのだけど。

自分だって、あまりよく知らない人に対しては曖昧な過去のイメージで相手を把握しているからしかたない。一瞬だけ売れた一発屋の芸人やアーティストの人は、一生「あの○○の人ね」と言われ続けるのだろう。昔のヒット曲を何十年もずっと歌い続ける歌手の人を見ると、求められている仕事を果たし続けている、偉い、プロだ、と思う。自分にはそれができない。

最近でも働くこと（働かないこと）について語ってくださいという仕事がときどき来るのだけど、すっかり飽きてしまったので大体断ってしまっている。そういうのを全部受けたほうが得なのかもしれない、もったいないかも、とか思ったりするけれど、そんな他人に求められることをきちんとできるようならそもそも会社を辞めてないよな、とも思う。

最近読んだ竹熊健太郎さんの『フリーランス、40歳の壁』という本にも同じような話が書いてあった。竹熊さんによると、フリーランスとして生き残るコツは、「自分の二番煎じができること」らしい。何かの仕事がヒットして話題になると、それと同じようなことをやってくれ、というオファーがたくさんやってくる。そういうときに、「こういうのはもう飽きた、もっと別のことをやりたいんだ」と言って断らずに、需要に応えた仕事をできる人がフリーランスとして生き残れるらしい。竹熊さんはそういう自分の二番煎じが全くできなくて失敗したらしく、その反省が実体験とともに語られていて面白いのだけど、自分も竹熊さんと同じタイプだなと思う。自分のやりたいことと他人に必要とされることは違うのだけど、やりたいことしかやりたくないし、同じことを何度も繰り返すのはだるいんだ。これはもう性分なのだろう。こんなのでこの先やっていけるのだろうか。

佐々木さんと、「自分の書いた本について語るのは面倒臭い」という話をしたのも面白かった。

本というのは出版するまでに執筆期間が一年や二年かかるものだ。さらに、本が出る前にはゲラの校正で何度も全体を読み返しているので、本が出る時点では著者はその内容について考えたり語ったりするのにすっかり飽きてしまっていたりする。だけど、本が出て一ヶ月か二ヶ月くらいは、本を宣伝して売るために、取材を受けたりラジオに出たりトークイベントをしたりして、本の内容についてたくさん話したりしないといけないのだ。

「書いたことを何度も喋るのって面倒臭いですよね」

「喋るのが面倒だから本を書いているわけで、本を読んでくれって言いたい」

そんなことを出版記念のトークイベントで話していたら、その場にいた出版社の人たちが微妙な表情をしていた気がするけれど。結局そのトークイベントでは新しく出た本の内容についてはほとんど話さなかったので楽しかった。まあトークイベントって大体、話の内容というよりも、その著者というのがどんな雰囲気をしているのか生で見てみたい、という理由で来る人が多いのでこれで良いのだろう。

本は時間を超えて旅をするものなので、数年前に出した本を最近読んだという人に会って感想を聞いたりすることもある。本の中にいるのは数年前の自分で今の自分とは違うんですよ。そんな気持ちにもなるけれど、そういうことを言ってもしかたないから、とりあえず「ありがとうございます」って微笑んでおくのだけど。

そして最近は今までやってきたことや書いてきたことに飽きてきているのだけど、その代わりに新しく何をやればいいかは全く思いつかないままでいる。しばらく何もせず寝て過ごすかなあ。

やる気が湧かない

なんだか最近何にも全然やる気が湧かなくなってきていて、毎日虚無な感じで寝て過ごしている。面白いことやワクワクすることが思いつかない。大体全部飽きてしまった。ときどき来る仕事の依頼なども全部断りまくっていて、この原稿くらいしかまともにやっている仕事がない。この連載はわりとゆるい感じでやらせてもらっているのでなんとか続いているのだけど。

自分のやれる範囲の面白いことは大体やり尽くしてしまったのではないかという感じがする。いや、そんなのは自分の思い上がりで、世界にはまだまだ面白いことはあるのだろう。だけどそれを探しに行くのも面倒なんだよな。若い頃だったら常によくわからない衝動を持て余していたので面倒がらずに新しいところに突撃して行ったりしていたのだけど、四十路も近くなった今となってはもはやあまりそういう気力がない。

全てに飽きている理由の一つは同じことをやり続けすぎたからかもしれない。

僕が六年前に最初に本を出したときは「働くの面倒臭い」とか「会社を辞めて自由に生

きる」みたいなことを主に書いていたんだけど、今はそういうことについて語るのに完全に飽きてしまった。

だけど世間の認識と自分の認識というのは時間差があって、そういう依頼が今でも来ることが多い。やったことの反響というのは数年遅れてやってくるものだから同じことをやり続けていたほうが有利なんだけど、生来の飽きっぽさがあるのでどうもうまくできない。

まあ言ってみれば歌手が昔のヒット曲をいつまでも歌うことを要求されるようなもので、それは歌だったらまだいいかもしれないけれど、言葉で既に飽きた自分の意見を繰り返し語るというのをやっていると精神が壊死《えし》しそうな感じがする。

結局人間は変わり続けないと飽きてしまうのだ。面倒臭いけど。


周りに目新しいものがなくなってしまったというのは、自分の中の引き出しにいろいろ揃ってしまって、自分の中にあるものだけでいろいろやりくりできるようになってしまった、というのと表裏一体でもあると思う。

最近は音楽や本などでも、全く新しいものを摂取することが減って、ある程度知っているものを聴いたり読んだりすることが多くなった。自分の中のストックが十分にあるのでそれでわりと満足できてしまうのだ。

音楽や本に限らず、人生全般に関して同じことが言える。

今まで結構生きた分だけいろいろなことができるようになっていて、それでなんとかやっていけるようになってしまった。自分に何ができて何ができないかも大体わかってきたし、どういう場所で何をしていれば居心地がいいかも大体わかってしまった。

十代や二十代の頃などは、自分がどういう人間なのか、自分に何ができるかが全くわからなくて、ひたすらもがいてわけがわからないままに全く向いていないことに手を出して失敗したり恥をかいたりということが多かった。あの頃は大変だったなと思う。二度と戻りたくない。

若い頃に年上の人によく言われた言葉がある。

「今が一番いいときだよ」

それを聞くたびに、今こんなにしんどいのに、これが一番いいときなのだったら、この先どんどんしんどくなっていくばかりなのか。じゃあ今死んだほうがいいのでは、と思った。

実際に歳をとってみたら、それが全く嘘だったということがわかった。

十代より二十代のほうが圧倒的に楽だったし、二十代より三十代のほうが断然楽しかった。若い人間に「今が一番いいときだよ」とか言う大人は、そいつが自分自身の人生を楽しめていないだけなのだと思う。

周りにも自分にも不満しか持てなくて拗《す》ねてばかりの十代を過ぎて、社会というよくわからないものに向き合わされてその中で自分が何をしたらいいかわからず迷ってばかりの二十代も越えて、三十代は自分に何ができるかもわかってきてそれなりに居心地のよい場所も見つけた。自分に向いてないことに無理に手を出して失敗して恥をかくことも少なくなった。

それで安定したのかなと思っていたのだけど、自分が安定したことで今度は逆に、新しい刺激が少ないという閉塞感を覚えるようになってしまった。一つの煮詰まりを解決したらまた別の煮詰まりがやってくる。人生って本当に面倒臭いな。

まあ何もやる気がしないというのも一つの段階で、これを突き詰めればまた別の境地が開けてくるのかもしれない。だから今年一年くらいはひたすら寝て過ごしてみようかと思っている。

おっさんになる覚悟

若い頃から中島みゆきが好きだった。それも初期の中島みゆき、ギター一本抱えて暗い感じで女の哀しさを歌っているようなやつが。

僕が若者だった九〇年代後半でも既に、中島みゆきはそんなに若者が聴くものじゃないという感じはあって、「若いのにそんな古くて暗いの聴いてるの（笑）」みたいに見られることがあったけど、「わかってないな、これがいいんだよ」とか思っていた。

それから二十年ほど経って、まだ僕は同じように中島みゆきを聴き続けている。これだけずっと聴いてるのならもう死ぬまで聴き続けているんじゃないだろうかと思う。

そのこと自体はいいんだけど、気になるのは、同じことを続けているにもかかわらず、周りからどう見られるかが変わってしまっているということだ。昔は中島みゆきを聴くことで、「若者なのに渋いものを聴いてる」という風に自分をちょっと特別視できる部分があった。だけど今となっては「単におっさんがおっさんぽい音楽を聴いているだけ」と見られてしまうのだ。「いや、この中島みゆきのアルバムは僕が生まれる前に出たものだし、それをわざわざ遡って聴いてるんだ」とか言い訳をしても、今の若者から見たらどうでもいいことだろう。

他にも、九〇年代には周りの音楽好きな人が六〇年代や七〇年代くらいの音楽、例えばはっぴいえんどとかヴェルヴェット・アンダーグラウンドとかを聴いていたので、自分も聴くようになって今でも聴いているのだけど、それも今の若者から見るとただのおっさん趣味に過ぎないだろう。今の若い人たちにとっては七〇年代も九〇年代も等しくおっさんカルチャーに過ぎないのだ。

普段インターネット繋がりで人と会っているせいか、自分の周りには二十代くらいの若者が多い。僕はもうすぐ四十歳になるので、自分が若者でないということをいい加減認めなければいけない、と思う。だけど、若者たちに、新しいものについていけない老害だと思われたくない、年齢のわりに若いと思われていたい、という気持ちがあって、若者がいる場面ではいつも聴いている中島みゆきを止めて、なんかお洒落《しやれ》なヒップホップとかを無理して流してしまう自分がいる。

もっと今風のものを吸収して今の流れについていかないといけない。ラインですら最近まで使っていなかったのだけど（電話番号に紐付いているのと一台のスマホにしかインストールできないのが不自由で嫌いだった）、みんな使うので仕方なく使うようになった。使ってみるとやっぱり便利なものだと思う。だけど、若者とラインをするとき、どんなスタンプを使ったらいいのかがわからない。何が今の流行りなんだろう。おっさんぽくないと思われるにはどうしたらいいのか。いらすとやを使っておけばいいんだろうか。

顔文字とかも、自分は十年以上前の2ちゃんねる時代の顔文字くらいしか入力できないのだけど、若者からはときどき、泣いてるか笑ってるかもわからない、どこの国の文字なのかもわからない異常に複雑な顔文字が送られてきて、それを見ると自分が時代遅れであるような気がしてきてしまう。こんなのどうやって入力するかもわからない……。

メッセージの中で「わらい」を表現するやりかた一つとっても、「(笑)」の人と「笑」の人と「w」の人とがいて、どれが一番適切なのかわからない。こないだネットで読んだ漫画では、「w」を使っていた人が「単芝やめろ！」とディスられていたので使うのをやめようと思ったのだけど、「(笑)」は古い感じがすると言う人もいるし、かっこ抜きの「笑」は中年ぽいという人もいるし、もう何を使ったらいいのかわからない。若者はみんな「わらい」を使わず文章に柔らかさを付与するテクニックを身につけているのだろうか。

しかしやはり歳をとると新しいものを吸収するスピードが落ちてくるなと思う。インスタはギリギリわかるけどインスタのストーリーとなるとついていけてない。ユーチューバーもあまりわかっていないうちにバーチャルユーチューバーが流行《はや》りつつある。ネットを見ているとどんどん新しいアプリや流行が登場してきてついていけなくて、もう時代は自分たちのものじゃないんだなということを実感させられる。

思えば若い頃は、理由もなく自分が世界の中心なような気がしていた。なんて傲慢《ごうまん》だったのだろうと思うけれど、でも若さというのはそういうものなのだろう。もう若くなくなってしまったこれからは、できるだけ若者の邪魔にならないようにひっそりと生きていこうと思う。何千回も聴いた中島みゆきのアルバムをリピート再生しながら。

体がだるい

目を覚ますと、今日は体がちょっと楽な気がした。寝転がったまま腰を深くひねって力を入れる。背骨がコキッと小さく音を立てる。よし。今日は調子がいい。

昔から背骨をひねって音を鳴らすのが癖だったのだけど、二年ほど前からあまり鳴らなくなってしまった。その理由はわかっている。以前より体が硬くなったせいで腰を深くひねれなくなってしまったからだ。

そのうち、鳴らせる日と鳴らせない日があることに気づいた。調子が良い日は筋肉がほぐれていて音が鳴るまで腰をひねれるのだけど、調子が悪い日は全身が強張っていて体があまり曲がらず鳴らせないのだ。そうやって、背骨が鳴るかどうかが調子のバロメーターになるようになった。

昔に比べてずいぶん体が硬くなってしまったと思う。いや、もともと若いときから体の硬さには定評があって、ずっと立位体前屈で指先が全く地面につかない感じだったのだけど、三十五歳を過ぎたあたりからさらに硬さが増している。自分は若い頃からだるいだるいと言い続けてできるだけ寝転がって過ごしてきたのだけど、最近の体のだるさやこりは本当にやばい気がしてきている。

運動したほうがいいよ、と昔から言われてきた。だけど体を動かすのが嫌いなので拒否し続けてきた。毎日ランニングをしたりジムに行ったりする人間とは何もわかりあえないとずっと思っていた。しかし、ここ数年はさすがに体のだるさが度を越してきたので、何かしたほうがいいのだろうかと思ったり、やっぱり面倒臭いなと思ったりを繰り返している。

ジムにも通ったことがある。というのは、そのとき住んでいたのが風呂のない家で、銭湯に毎日通うよりも近所のジムにある風呂とサウナに入ったほうがよさそうだ、と思って会員になったのだ。そして風呂に入るついでにせっかくだから運動もしよう、と最初はちょっとだけやる気があったのだけど、マシーンに乗って走ったりしたのは最初の二週間くらいで、結局すぐに面倒臭くなって風呂とサウナしか利用しなくなってしまった。ジムってなんかインストラクターの人がみんな「運動しない人は人生を半分無駄にしてますよね（キラッ）」みたいな雰囲気で怖かったし……。

そんな自分が最近、これだったらできるかもしれない、と思ったのがラジオ体操だ。人に勧められて、ちょっとやってみようかと思って、YouTubeで検索するとすぐに公式動画が見つかった。腕を前から上にあげて、大きく背伸びの運動から。

ラジオ体操なんてやったのは数十年ぶりだけど、あのピアノの伴奏を聴くと自動的に体が動き出していて、すごい、と思った。小さい頃に覚えたことというのは体の中に残っている。これが教育の効果か。

　小学校の頃は夏休みに毎朝ラジオ体操に行かされていて、なんで眠いのに早朝からこんなことしなきゃいけないんだ全員死ねって思ってたけど、今となっては良い習慣だったと思う。そのおかげで今でも無意識に体が動く。すごいプロジェクトだな、ラジオ体操って。ラジオ体操のおかげで日本国民の健康は何％か増進されているのだろう。子どもの頃に比べると、同じ動きをしようとしても明らかに体が曲がらなくなっているのに気づかされるのだけど。

「昔、不老不死じゃないことだけがコンプレックスだ、って言ってましたよね」

と最近言われた。そんなこと言ったっけ。言ってたような気もする。今思うと随分傲慢な発言のように聞こえる。

　そういえば今は昔に比べるとそんなに不老不死になりたいと思っていないかもしれない。千年後や一万年後に人類の文明がどのへんまで行っているかは興味あるし、それが見られないのは残念な気もするけど、結局自分には関係ない話だという気にもなってきた。老いて古びてがたが来る自分の体の、その古び方こそが自分だという感じもしてきた。

　思えばこの体のだるさこそが、自分の生き方を形作ってきた気がする。自分がもっとだるくない健康な体を持っていたら、もっと無理してがんばって社会に適応をしようとしたりして、今とは全然違う人生になっていただろう。それがうまく行ってもっと社会性のある人間になっていたかもしれないし、うまく行かなくてより深く社会に傷つけられたりしたかもしれないし、そのあたりはわからないけれど、良くも悪くもこのだるさとともにあったのが自分の人生なのだと思う。

僕は今年で四十歳になるのだけど、もう言い訳のしようもなく人生の折返し点を曲がってしまうのだなという感じがする。これから先は下り坂だろう。

この先歳をとるにつれて、さらに自分の体は硬く曲がらなくなっていき、いろんな部分が病気になったり痛み出したりしていくのだろう。だけど、そんなハードウェアの劣化も含めて自分の人生なのだという感じが少ししてきた。

やがてそのうち確実にやって来る自分の死についてときどき考える。今はまだ、死にたくないな、死ぬのは怖いな、と思う。だけど、自分の体がもっと老いてぼろぼろになって、毎日痛むようになり、いい加減この肉体も耐用年数を過ぎた、と思う頃になったら、自然に死を受け入れることができるのかもしれない。多分それを世間では大往生という。そこまで行かずに来年くらいにひょいと死んでしまうかもしれないけれど。

まあ、本当にぼろぼろでどうしようもなくなるまではなんとかごまかしつつがんばって生きていきたい。定点観測のように、ときどきラジオ体操をやって、体が動かなくなっていく具合を一つずつ確かめながら。

シェアハウスに飽きてきた

かれこれ十年くらい、シェアハウスを自分で運営しながら住み続けてきた。

シェアハウスのような人の集まる場所に住んでいると、ぼーっとしているだけでいろんな人が住んだり遊びに来たりするので退屈はしなかった。まあ人が集まるとときどきはトラブルもあったりはするのだけど、基本的には楽しく暮らしていた。だけど、そんな生活に最近少し飽きてきた気がする。

いや、飽きてきたというか、シェアハウスに住み続けることが、自分の何かをだめにしている部分があるんじゃないかという気がしてきた。

それは、待っているだけでいろんな人がやってくるから、それに甘えてしまって、自分から他の人に声をかけるのがすごく下手になってしまったのではないか、というようなことだ。シェアハウスに住まないような人、シェアハウスに遊びに来ないような人と、どうやって仲良くなればいいのか、全然わからなくなってしまっている自分に気づいたのだ。

そんな風に人と仲良くなるやり方を覚えたのは、大学生の頃に寮に住んでいたときのことだった。

高校までの自分は人と仲良くなるのがすごく苦手で、ほとんど友達がいなかった。会話に入っていくのが苦手で、教室の中ではいつも一人で本を読んでいて、そうでないときは机に突っ伏して眠っているふりをしていた。本当は寂しかったのだけど、自分から人に話しかけることができなかったし、話すきっかけがあったとしても何を話せばいいのか全くわからなかったので、しかたなかった。

だけどそんな自分でも寮に入ると、特にがんばって人に話しかけたり会ったりしようとしなくても自然と周りに人がいるので、強制的に人と交流することができたのだった。

僕は人と会っているとすぐに「自分はここにいていいのだろうか」「相手は飽きてないだろうか」「そろそろ帰ったほうがよいだろうか」と不安になってしまうほうなのだけど、寮で人と会っているときは、「ここは自分の家だから自分はいてもいい」「他に帰る場所もないし」と自然に思えるので、そうした不安に襲われることがないのがよかった。

寮に住んで二年目くらいの頃、寮の玄関ホールの一角に新しいスペースができた。

そこはそれまでは粗大ごみが雑然と放置されているスペースだったのだけど、寮生の有志が粗大ごみを全部片付けて掃除をして、コンクリートの上に畳屋から貰ってきた中古の畳を敷き詰めて、こたつを置いて、交流するスペースを設置したのだ。

僕はその場所に入り浸った。そのスペースは玄関ホールにあるので、外に出かけていく寮生や外から帰ってくる寮生が絶え間なく目の前を通り過ぎていってあまり落ち着かないのだけど、そんな行き交う人を気にしないふりをしながら、一人でこたつに入って、ひたすら本を読んだりしていた。

本当は暇だったり寂しかったりして人と話したかったのだけど、自分から人に声をかける勇気がないので、わざと人目につく場所でこれみよがしにだらだらすることで、誰かに声をかけてもらうのを待っていたのだ。

その戦略はうまくいった。こたつに入ってぼーっと座っていると、通りがかる人が立ち寄ってくれて会話をしたり、メシを食おうとか麻雀を打とうとか誘ってくれるようになった。

そうして僕はそんなやり方に味をしめてしまった。交通量の多い場所で蜘蛛のように巣を張って、そこに誰かがかかるのをひたすら待ち続けるような人間関係の作り方に。今のシェアハウスでやっているのも基本的には同じことだ。

だけど、そのやり方があまりにもうまく行ってしまったために、それ以外のやり方がわからなくなってしまった。自分から人に声をかけて仲良くなるのって、どうやったらいいんだっけ。

今は家でごろごろと寝て過ごしているだけで、自動的にいろんな人がやってくる。それは寂しくないし、うれしいことだ。だけど、来る人はみんなそれぞれ面白くて魅力的な人なんだけど、どの人ともそんなに深いつながりはないような気もする。家に来てくれたら話をするけど、そうでなければわざわざ自分から出かけて行ってその人と会おうとするかどうかはよくわからない。自分が本当に会いたい人ってどういう人なのか、そもそもそんな人がいたのかどうかもよくわからなくなってしまった。

あと、場の主宰者というのはとりあえず一段上に見られるようなところがあるので、自分は家にいる限り、みんなからそれなりの扱いを受けることができる。そんな風にホームで戦うことに慣れすぎてしまって、アウェイな場所にその他大勢の一人として参加するのが怖くなってしまった。そんなことを続けていると自分の世界がどんどん閉じていきそうだ。

ひょっとして自分は、一見人に囲まれているように見えて、実はすごく寂しい人間なのかもしれない。一生こんな感じで生きていくのだろうか。そろそろ一人暮らしをしてみるべき時期なのかもしれない。

猫を撫でて一日終わる

いつの間にか眠ってしまっていたようだ。窓の外はもう暗くなっている。

　僕が目を覚ましたのに気づいた猫が、ニャ、と短く鳴いて、こちらに近づいてきた。僕はふとんを押しのけて猫が入ってこれるスペースを作ってやった。猫はそこにやってきて、ゴロン、と横になる。どうしたんだ。撫でてほしいのか？　首筋を優しく撫でてやると、猫はゴロゴロと喉を鳴らし始めた。よしよし。今日もかわいいな。

　ふと思いついて、ゴロゴロと鳴り続けている猫の喉に指を回してみた。ふさふさした毛に覆われていて温かいけれど、その中には硬い骨や気管が通っているのがわかる。その骨や気管のゴリッとした感触が、昔のある体験を思い出させた。

　それは大学の学園祭のときの記憶だ。友達と一緒にぶらぶらといろんなサークルの出店を見て回っていると、キャンパスの片隅で農業系のサークルが変わった出し物をしているのを見つけた。それは、鶏を解体して調理して食べる、というものだ。カゴの中に鶏が何羽かいて、コッコッコッ、とのんきに鳴いていた。

鶏かわいいなー、と思ってなんとなく見ていたのだけど、そうしたら、そのサークルの人に話しかけられた。

「やってみますか」

「えっ」

やれよやれよ、と一緒にいた友達にそそのかされたのもあって、やることになった。あまり血とか殺すのとかは得意じゃないんだけど、これも一つの経験かもしれないと思って。

一羽の鶏が連れてこられる。

「首を切り落としちゃってください。ちょっとゴリッとするけど、力を入れると切れますから」

と言って包丁を渡された。

鶏の首を持つ。羽毛がふさふさしている。今こいつは生きているけれど、僕がこの生命を奪うのか。そんなのかわいそうだ、と思うけれど、でも自分はいつも鶏肉を食べてるわけだしな。いつもは誰かに殺してもらっているに過ぎない。

鶏の目を見たけれど何も感情を感じ取れない。こいつは自分が今から殺されることをまだあまりわかってないような気がする。

あまり考えすぎるとできなくなりそうなので、何も考えずにやることにする。包丁の刃に力を入れて、嫌な感触を我慢しながら、押したり、引いたり、また押したり、引いたりを何回か繰り返すと、頭部と体が切り離された。やった。鶏は一言も悲鳴を挙げなかった。

頭を失った胴体はまだバタバタと動いている。これはどれくらい動き続けるのだろう。そういえば首を切り落とされたあとも何年も生き続けた鶏というのがアメリカにいたな。

スタッフの人が鶏の足を縛って、逆さに吊るした。血を抜くためだ。切り落とされた首の部分から真下に血が滴《したた》り落ち続ける。

逆さに吊られた二本の足の付け根のあたりには、ピンク色の穴が開いていて、ひくひく、と震えていた。鶏は肛門と生殖器が一つになっているというから、それだろう。そこにゆっくりと右手の人差し指を差し込んでみると、あたたかくてぬめぬめとした粘膜が指にまとわりついてきて、とても気持ちよかった。

この社会では鶏の首を切ることは許されているけれど、猫の首を切ると人でなしあつかいされる。考えてみると不思議なことだ。鶏だってまあまあかわいいのに。猫は、僕がそんな物騒なことを考えてるなんて思いもせずに、無防備に首を僕にゆだねて喉を鳴らし続けている。

猫はかわいい。そして人になつく。僕はこの猫のことが好きだし、猫も僕のことを好きだ。気持ちが通じ合っている実感があるし、それはとてもうれしいことだ。だけどそれは猫がそういうふうに作られているだけでもある、ということをときどき考える。

人間は古来から猫を飼っていた。それは愛玩用というだけではなく、ネズミを捕ってくれるからという実用的な用途もあったらしいけれど、現代ではその食料庫の番人としての性能はほとんど失われ、ただのかわいくてもふもふした生き物として愛されている。

なぜ猫はこんなに人になついて、こんなにかわいいのか。

その答えは簡単だ。人間がそういう風にしたのだ。

そもそも野生生物であった猫の中から、人になつきやすい性格の個体が、何かの拍子で人に飼われることになったのだろう。

そして、人に飼われている猫の中でも、よりなつきやすい個体はより人にかわいがられて大事にされて長生きして繁殖した。あまりなつかない個体はそれほど大事にされなくてすぐに死んでしまったりしただろう。その繰り返しによって、人になつきやすい性質を持つ遺伝子だけが残るようになったのだ。

かわいいという外見的な点についても同じだ。人の美意識でかわいいと感じられる個体は大事にされるので長生きして繁殖した。かわいくない個体はあまり大事にされないのでそれほど増えなかった。そうやって全ての猫はかわいくなった。

そんなゆるやかな遺伝子操作が数千年間にわたって繰り返されてきた。いわば猫というのは人工物みたいなものだ。

猫は遺伝子的にかわいがりやすくなっているというだけではなく、愛玩に向くように人は猫にさまざまな処置をする。その代表的なものは避妊・去勢手術だ。

避妊・去勢をしない猫というのは非常に飼いにくい。発情期になると大きい声で鳴き続けたり、部屋から脱走しようとしたり、そこらじゅうにおしっこをしたりして、ひたすら交尾相手を求め続ける。そして交尾をすると、一度に三〜五匹の子猫を生み、それを年に何度も繰り返す。生まれた子猫を全てきちんと育てるのは猫にとっても人にとっても大変だ。

なので大体の場合、飼い猫に対しては避妊・去勢手術をする。手術をすることで、人間にとって飼いやすくなるし、猫も交尾のストレスから解放されるし、生殖器系の病気になるリスクも減るので長生きします、ということが言われている。

実際そうなのだろう。避妊・去勢手術をせずに猫を飼うのは無謀だ。しかし、この子らは一度もセックスをしないままで死ぬのだな、それはちょっと寂しくないだろうか、ということもときどき思ってしまう。

もし自分がそういう状況で飼われていたらどうだろう。去勢をされて一生家の中に閉じ込められて、毎日同じ餌を食べさせられる。絶対嫌だな。生きてる意味がないなと思う。自分が猫にしているのはそういうことだ。

猫だって部屋の中に閉じ込められて飼われるのではなく、そこら中を駆け回ってスズメやネズミを狩ったり、好きに交尾して増えまくったりしたほうが幸せなのかもしれない。

しかし、飼い猫は十五年くらい生きるのに対して、野良猫は三、四年で死んでしまう、と聞く。猫に自由に交尾をさせたとしたら、大量の子猫が生まれてくるだろうけど、そのうち結構な数の子猫は親猫も面倒が見きれずに死んでしまったりするだろう。

人間の目から見ると、飼われている猫たちは不自由に見えるけれど、生まれてから一度も外に出たことがなく、一度も豪華な食事を食べたことがなく、一度もセックスをしたことがなければ、それが普通だと思って特に不満もないのかもしれない。

僕らはときどき「猫のように生きたい」なんてふざけて口にしたりするけれど、実際に猫のように飼われるとしたら退屈極まりなくて死んでしまうだろう。人間は同じ状況が続くことに耐えられなくて、常に新しいものや今より進んだものを求めてしまう。だから人類は、ただ生き延びることだけが目的だとしたら不必要であるような、こんなに大きな文明を作り上げてしまったのだ。

僕は人間だから、生きているうちは部屋の外に出かけていったりして、いろいろとやっていかないといけない。ときどき疲れたら、こうやって部屋の中で猫を撫でて精神を回復しながら。

猫に向かって短く、ニャ、と呼びかけると、猫はこっちを見て、ニャ、と答えた。

今日は一日何もしなかったけど、明日はちょっとだけ何かしてみようかな。

あとがき

この本の元になった連載を始めるとき、理由は忘れたけれど僕はなんだかすごく落ち込んでいて、

「今暗い気分なので暗い話しか書けそうにないです」

と言ったのだけど、そうしたら担当の大島さんに、

「暗い話いいですね！」

と言われたので、日常の中であれができないとかこれができないとか、そういった後ろ向きなことをひたすら書いていくという連載になったのだった。

でも、そういった「できなさ」こそが人生の醍醐味じゃないかと思うのだ。人生の全てが自分の思うように進んだとしたら、何の面白みもないだろう。そんなものは人生ではなくただの妄想だ。生きるということは自分の妄想と現実との差を確認し続ける行為だ。人生は思うようにならないからこそ、その中でいろいろとやることがあるのだ。

そういう意味で、僕は自分の「できなさ」に愛着がある。他の人がみんなできることが

自分にはできなかった、そんな傷口の集合体こそが自分の人生だ。嫌だったこともつらかったこともあったけど、そんな体験が自分を作ってきた。もし自分の欠点が全部なくなってしまったら、そんなものはもう自分ではないだろう。できることよりできないことのほうが、他の誰とも違う自分らしさを作っているように感じる。

だから、自分のできない部分を消し去ろうとしてがんばりすぎる必要はない。できない部分を愛して受け入れてやることが大切だ。それこそが自分らしさの本質なのだから。

この本は僕が自分のだめな部分を認めて受け入れるための「がんばらない練習」を集めたものだ。これを読んだ人がそれぞれ抱えている自分の「できなさ」とうまくやっていく参考になればよいなと思いながら書きました。

今回の本も、幻冬舎の大島加奈子さんのおかげで世に出ることができました。ありがとうございます。

二〇一九年六月

pha

本書は幻冬舎plus連載の「猫を撫でて一日終わる」
（２０１７年11月13日～２０１９年５月28日）
に加筆修正したものです。

ブックデザイン　井上新八
イラストレーション　pha

〈著者紹介〉
pha(ふぁ)　1978年生まれ。大阪府出身。京都大学総合人間学部を24歳で卒業し、25歳で就職。28歳のときにインターネットとプログラミングに出会った衝撃で会社を辞める。以来毎日ふらふらしながら暮らしている。シェアハウス「ギークハウスプロジェクト」発起人。著書に『ニートの歩き方　お金がなくても楽しく暮らすためのインターネット活用法』(技術評論社)、『持たない幸福論　働きたくない、家族を作らない、お金に縛られない』(幻冬舎文庫)、『ひきこもらない』(幻冬舎)、『しないことリスト』(大和書房)などがある。現在東京都内に在住。

がんばらない練習
2019年7月25日　第1刷発行

GENTOSHA

著　者　pha
発行者　見城 徹

発行所　株式会社 幻冬舎
〒151-0051 東京都渋谷区千駄ヶ谷4-9-7

電話:03(5411)6211(編集)
03(5411)6222(営業)
振替:00120-8-767643
印刷・製本所:中央精版印刷株式会社

検印廃止

ISBN978-4-344-03487-7 C0095
幻冬舎ホームページアドレス　https://www.gentosha.co.jp/

この本に関するご意見・ご感想をメールでお寄せいただく場合は、
comment@gentosha.co.jpまで。